AF557530

Die Rückkehr der Drachen

Was wären die fünf
Detektive ohne ihre Mütter?
Zeit für ein Dankeschön!

Die Rückkehr der Drachen

Salih Kul

PLURAL
Köln 2020

PLURAL Publications GmbH
Colonia-Allee 3 | D-51067 Köln
T +49 221 942240-260 | F +49 221 9422405-201
www.pluralverlag.eu | info@pluralverlag.eu

1. Auflage, Köln, November 2020

Autor
Salih Kul

Design | Satz | Druck
PLURAL Publications GmbH

ISBN: 978-3-947179-51-0

INHALT

Zurück in die Hauptstadt 13

Endlich wieder vereint 19

Beim Islamischen Dachverband 28

As-Saam alaykum – der Todeswunsch 35

Freiwillig ins Museum? 44

Jetzt auch noch Dracula 50

Rauch über der Kawsar-Moschee 61

Das Tagebuch des Grauens 68

Halloween 85

Paketübergabe vor der Moschee 99

Bio-Halal aus Schnallgow 107

Amin verliert im Armdrücken 116

Auf frischer Tat 127

Eine Kostprobe 136

STECKBRIEF

Alter:	15 Jahre
Eltern:	aus Somalia
Wohnort:	Berlin
Geschwister:	zwei ältere Brüder
Größe:	1,54 m
Gewicht:	48 kg

TAHA

Wie seine beiden großen Brüder ist Taha ein begnadeter Fußballer. Er ist schnell, wendig, und wenn er auf engstem Raum seine Gegner schwindelig spielt, könnte man meinen, dass der Ball an seinem Fuß klebt.

Dazu ist Taha ein Taktikfuchs. Er hat für fast alles einen Plan. So lernt er vor einer Klassenarbeit lieber eine Woche regelmäßig als stundenlang am letzten Tag. Schon heute weiß er, was er wo studieren will. Und: Er ist ein Champion bei Strategiespielen. Aber nicht nur da! Wer kennt nicht „Wer zuerst lacht, hat verloren!“, bei dem man seinem Gegner ganz ernst in die Augen schaut, bis einer loslacht? Pokerface Taha gewinnt dabei immer.

Taha ist zwar der Kleinste von den Fünfen, aber man sollte bloß nicht den Fehler machen, ihn wegen seiner Größe zu hänseln. Dann kann Taha sehr unangenehm werden.

STECKBRIEF

Alter:	15 Jahre
Mutter:	aus Albanien
Vater:	aus Algerien
Wohnort:	Berlin
Geschwister:	ein kleiner Bruder
Größe:	1,88 m
Gewicht:	79 kg

AMIN

Amin ist wie seine Mutter eine richtige Sportskanone. Wer nicht schon mal mit ihm auf dem Sportplatz stand, wird kaum glauben, dass er Mitglied der Jugendnationalmannschaften für Leichtathletik, Hockey und American Football war. Zurzeit macht er vor allem Kampfsport. Für Amin müsste sich die Schule eine neue Auszeichnung bei den Bundesjugendspielen ausdenken, denn die Punkte für die Ehrenurkunde holt er schon mit der ersten Disziplin.

So fit wie im Sport zeigt er sich aber nicht in jeder Situation. Er steht auch manchmal ganz schön auf dem Schlauch und haut den einen oder anderen Spruch heraus, den er sich besser verkniffen hätte. Aber wirklich übel nehmen kann man ihm das nie. Schließlich besitzt er wie sein Vater eine grenzenlose Gutmütigkeit.

STECKBRIEF

Alter:	13 Jahre
Eltern:	aus Pakistan
Wohnort:	Berlin
Geschwister:	eine ältere Schwester
Größe:	1,55 m
Gewicht:	52 kg

KARIM

Karim ist der ruhige Fels in der Brandung. Wenn die anderen kurz vor dem Ausrasten sind, bleibt er immer cool. Obwohl Karim der Jüngste im Team ist, lässt er sich nicht unterkriegen. Irgendwie passt es ganz gut, dass ihm selbst die schärfsten Chilis nichts ausmachen. Wenn ihm Ältere unfreundlich oder überheblich kommen, lädt er sie gerne auf einen richtig scharfen „Snack" ein. Während sie rot anlaufen, verkneift er sich das Lachen.

Von Amin hat er den Spitznamen „Karikon" bekommen, denn Karim liest alle zwei Wochen ein Buch. Mit dem Allgemeinwissen würde Karim bei „Wer wird Millionär?" richtig abräumen. Am besten kennt er sich aber im Koran und der Sunna, also der Lebensweise des Propheten, aus. Kein Wunder: Seine Mutter Hadidscha Faruki hat in Pakistan Theologie studiert. Seit vier Jahren ist sie im Vorstand des Islamischen Dachverbands Berlin.

STECKBRIEF

Alter:	15 Jahre
Mutter:	aus Aserbaidschan
Vater:	aus Deutschland
Wohnort:	Berlin
Geschwister:	keine
Größe:	1,84 m
Gewicht:	90 kg

ILICAN

Wenn Ilıcan vor einem steht, so groß wie Amin, aber auch ganz schön massig, würde wohl kaum einer darauf kommen, wie geschickt und geduldig er mit seinen Fingern hantiert. In den Geschicklichkeitsspielen mit den durchsichtigen Würfeln ist er ein Meister. Die Minikugeln eiern nicht in die winzigen Löcher, nein, er lenkt sie hinein! Und einen Faden führt er so locker ins Nadelöhr, wie Taha aus drei Metern ins leere Tor schießt.

Diese Fähigkeiten nutzt Ilıcan ziemlich clever. Sein Spitzname: „Dr. Smartphone"! Schon mit fünf Jahren fand er es zu langweilig, Spielzeugautos auseinanderzubauen, und nahm lieber die alten Handys seines Vaters. Mit acht Jahren reparierte er erfolgreich die Festplatte seines PCs. Und seit zwei Jahren kümmert er sich zur Freude seiner Mitschüler um deren defekte Smartphones, Laptops und Tablets. Gegen ein kleines Taschengeld natürlich! Was Ilıcan überhaupt nicht kann: aus der eigenen Haut fahren.

STECKBRIEF

Alter:	15 Jahre
Großeltern:	aus der Türkei
Wohnort:	bei Mannheim
Geschwister:	eine kleine Schwester
Größe:	1,71 m
Gewicht:	58 kg

MALIK

So charmant wie Malik sind nicht viele in dem Alter. Er ist zuvorkommend, lobt und macht gerne Komplimente. Diese Gabe setzt er clever ein, wenn die anderen ihn mal wieder vorschicken, um etwas auszuhandeln.

Dazu ist er echt kreativ. Die besten Ideen fallen ihm ein, wenn er mit seiner Gebetskette spielt oder auf dem Longboard steht und lässig über den Asphalt der Straßen rollt. Was Malik überhaupt nicht leiden kann, ist Enge, egal ob im Fahrstuhl, in überfüllten Bussen oder im Fußballstadion. In solchen Situationen möchte er nur raus und seiner zweiten Leidenschaft, dem Parcouring, nachgehen. Das Fliegengewicht springt waghalsig von Dächern, Wänden und Treppengeländern.

Maliks Großeltern stammen aus der Türkei, seine Eltern sind in Berlin geboren. Trotzdem ist Malik der einzige der fünf Freunde, der zurzeit nicht in der Hauptstadt wohnt.

ZURÜCK IN DIE HAUPTSTADT

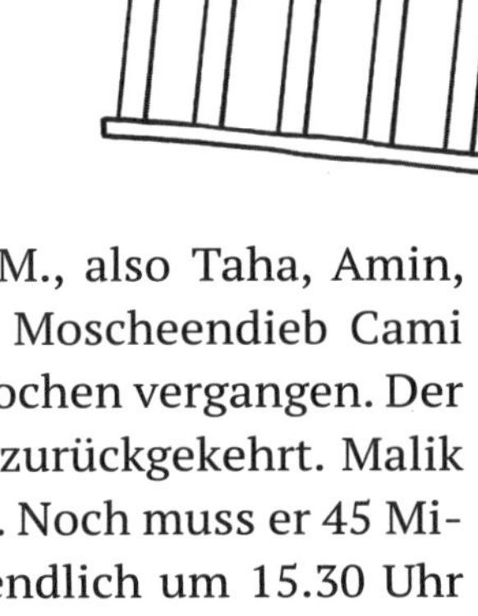

Seit die Jungs von T.A.K.I.M., also Taha, Amin, Karim, Ilıcan und Malik, den Moscheendieb Cami Harami stellten, sind einige Wochen vergangen. Der Alltag ist längst in ihr Leben zurückgekehrt. Malik sitzt gelangweilt in der Schule. Noch muss er 45 Minuten durchhalten, dann ist endlich um 15.30 Uhr Schulschluss – schlimmer könnte eine neue Woche nicht beginnen. Die Luft ist so frisch, wie sie nur sein kann in einem kleinen Raum mit 32 Jugendlichen. Diese menschlichen Heizkörper verbrauchen auch noch den letzten Sauerstoff.

Frau Schubert, die Klassenlehrerin, spricht wieder einmal über die schlechte Stimmung in der Klasse. Sie möchte wissen, warum sich Jungs und Mädchen mobben und sich alle anderen Lehrer über die 9c beschweren. Malik denkt stattdessen an die anderen Detektive in Berlin. Was die jetzt wohl machen? Heimlich schickt er eine Nachricht in die WhatsApp-Gruppe: „Was bei euch los, Jungs? Ich bin immer noch in der Schule und steeerbe vor Langeweile.“ Keine Minute später trifft die erste Antwort ein. Nur zu doof, dass die Lehrerin hört, wie sein Handy vibriert. „Danke, Malik. Das kannst du dir dann morgen im Sekretariat abholen!“ Frau Schubert hält ihre

Hand auf, fordert das Handy. Einen Augenblick zögert Malik, gibt es dann aber doch ab. Obwohl er die Antwort schon kennt, versucht er doch noch einmal, seine Lehrerin umzustimmen: „Sie wissen schon, dass Sie das nicht dürfen, ne? Nach der Stunde müssen Sie das Handy zurückgeben."

„Ja, am Ende des Schultags, da hast du eigentlich recht, aber die Idee, es länger in der Schule aufzubewahren, stammt nicht von mir." Leider! Seine Eltern haben Frau Schubert darum gebeten, weil sie es gut finden, wenn Malik einen Tag ohne Handy auskommt.

Frau Schubert bemüht sich wieder, ihren Schülern ins Gewissen zu reden, und Malik kehrt in Gedanken zu seinen Berliner Freunden zurück. Das, was sie in den Sommerferien erlebt hatten, war unglaublich. Es toppte alle bisherigen Ferien. Kurz danach dachte er, dass andere genauso über seine Detektivgeschichte staunen würden, machte dann aber eine ganz andere Erfahrung: Als er einem Freund in Mannheim aufgeregt von ihrem Clou berichtete, reagierte der nur mit einem müden Lächeln, als ob es nichts Besonderes wäre! Vielleicht war er neidisch, vielleicht hat er es auch einfach nicht kapiert, jedenfalls behält Malik seitdem die Geschichte lieber für sich.

Auf der einen Seite wird Malik klar, dass es das Highlight des Jahres war, Cami Harami zu überführen. Auf der anderen Seite lässt ihn der Gedanke an den Schweinekopfanschlag in der Moschee nicht los. Auch jetzt im Klassenraum. Sie haben noch eine Rechnung offen. Er weiß zwar nicht, wer den Schweinekopf in die Berliner Ihsan-Moschee katapultiert hat. Doch eines ist sicher: Malik und die anderen von T.A.K.I.M. werden den Täter kriegen. Inschallah.

Dafür muss Malik allerdings zurück in die Hauptstadt. Eine Woche Berlin in den Herbstferien wird zu wenig sein. Und ohne ihn läuft nicht viel, das hat man in den letzten Wochen gemerkt. Die vier anderen sehen sich im Alltag nicht oft, obwohl sie alle in Berlin leben. Malik ist derjenige, der alle fünf zusammentrommelt und antreibt. T.A.K.I.M. braucht Malik als Motor des Teams.

Nebenbei schnappt Malik auf, wie seine Lehrerin vom Praktikum erzählt: „Ich bitte euch jetzt schon, nach Praktikumsplätzen für die zwei Wochen vor den Herbstferien zu suchen. Erfahrungsgemäß findet man nicht auf Anhieb eine Stelle, und ich will nicht, dass ihr am Ende ohne dasteht.“ Die Schüler haben einige Fragen: Geht es in einer Arztpraxis, im Supermarkt oder in einer Shisha-Bar? Wie viele Stunden müssen wir arbeiten? Können wir es auch zu zweit beim Friseur machen? Darf ich zu meinem Onkel, der hat eine Kfz-Werkstatt? Ist es in Ordnung, wenn mein Praktikum erst um 13.00 Uhr beginnt? Doch Malik interessiert etwas Anderes: „Frau Schubert, darf ich das Praktikum in Berlin absolvieren?“ Das wäre nur zu cool. Es bliebe genügend Zeit, um den Fall aufzuklären.

„Berlin, Berlin, Berlin“, seufzt die Lehrerin. „Kommst du von der Stadt denn nie los? Nein, das geht nicht.“

„Und warum nicht?“

Frau Schubert setzt sich. „Wie stellst du dir das vor? Ich muss euch betreuen, euch am Praktikumsplatz besuchen.“

Aber Malik lässt nicht locker: „Kommen Sie schon. Mein Praktikumsplatz wird Sie überzeugen!“ Er versucht, ihre Neugierde zu wecken.

„Aha. Wo wäre der denn?“, während sie fragt, sucht sie etwas in ihrem Kalender.

„Bei der Zeitung! Ich kenne da eine Journalistin.“ Im ersten Fall von T.A.K.I.M. wurde Malik von der Journalistin Inge Behring interviewt, weil er nach dem Anschlag auf die Ihsan-Moschee die Idee zu einer lustigen Solidaritätskundgebung hatte.

Malik spricht weiter zu seiner Klassenlehrerin: „Und den Kontakt könnten wir über Skype halten. Dann sehen Sie, wo ich arbeite, können mit der Frau reden. Alle Welt redet von der Digitalisierung der Schulen. Zeigen Sie doch mal, wie das praktisch aussieht!“ Frau Schubert wird wieder einmal bewusst, wie clever Malik argumentiert. Trotzdem: „Nein, das geht nicht.“

Ein letzter Versuch, obwohl er weiß, dass es nichts bringen wird: „Ich schlage Ihnen einen Deal vor: Ich darf das Praktikum in Berlin machen, und Sie dürfen so lange mein Handy behalten.“

Frau Schubert klappt ihren Kalender wieder zu und blickt Malik in seine hellbraunen Augen: „Was soll ich denn mit deinem Handy? Ich will das nicht." Malik ist enttäuscht. Das wäre die Chance gewesen. Dabei versteht er sich sonst gut mit ihr.

Am Abend schreiben sich Ilıcan und Malik auf Instagram: „Malik, du musst unbedingt wieder rüberkommen. Gestern wollten wir uns treffen, um endlich über den Schweinekopfanschlag zu sprechen."

„Und?"

„Hat nichts gebracht. Amin und Taha haben sich nur gestritten."

„Warum das denn?", fragt Malik unruhig.

„Ach, bei Amin zu Hause gibt's Stress. Taha hat sich darüber lustig gemacht." Kaum etwas zieht Ilıcan so runter, wie Streit zwischen seinen besten Freunden. Und Malik geht es ähnlich: „Ilıcan, du musst zwischen den beiden vermitteln!"

„Hab ich versucht. Ich bin heute auch nochmal zu beiden hin und habe gesagt, dass unser Prophet meinte, der Erste, der nach einem Streit wieder auf den anderen zugeht, ist der Bessere. Und länger als drei Tage dürfe man seinen Bruder eh nicht meiden."

Malik kannte den Hadith nicht und denkt sich: Eigentlich ein cooler Ansporn, um seinen Stolz zu überwinden. „Mal sehen, wer den ersten Schritt macht."

„Ich befürchte, keiner. Es wäre echt gut, wenn du kommst."

„Ja, ich habe auch schon überlegt, wie ich das anstelle. Ich habe in der Schule gefragt, ob ich nicht mein Praktikum beim Berliner Journal machen könnte."

Ilıcan freut sich schon, sendet ihm drei lachende Smileys: „Das wäre ja Hammer."

„Klar, aber meine Lehrerin hat's nicht erlaubt. Dann kam mir in den Sinn, eine Beerdigung in Berlin zu erdichten oder einen komplizierten Bruch in der Hand, der nur im Berliner Charité-Krankenhaus behandelt werden könnte."

„Malik, auf was für Ideen du kommst. Hör auf damit, Allah korosun!"

„Ja, stimmt: Allah bewahre! War auch nur so ein Gedanke. Na ja, wir müssen wohl doch bis zu den Herbstferien warten."

Am nächsten Tag kommt Frau Schubert in der Hofpause lächelnd auf Malik zu. Sie gibt ihm sein Handy zurück. „Ich habe nochmal über dein Praktikum nachgedacht. Wenn du immer noch willst, kannst du das machen." Malik schaut sie ungläubig an. „Ja, so eine Gelegenheit solltest du dir auf keinen Fall entgehen lassen! Ihr sollt im Praktikum genau da Erfahrungen sammeln, wo ihr euch vorstellen könnt, später zu arbeiten. Daran denken viele nicht und suchen nur den nächstbesten Job."

Malik nickt freudestrahlend: „Und wie machen Sie das mit der Betreuung?"

„Ich werde es mit einem Wochenendausflug verbinden, sodass ich dich am Montag oder Freitag besuche. Den Rest erledigen wir wirklich über Skype." Fast hätte Malik aus Dankbarkeit ihre Hand geküsst oder sein Handy zurückgegeben – so eine tolle Überraschung ist das! Nur noch wenige Wochen, dann kann der Schweinekopfanschlag endlich gelöst werden.

ENDLICH WIEDER VEREINT

Es ist Oktober. Malik betritt zum ersten Mal die Redaktionräume des Berliner Journals. Bei seinem Antrittsbesuch lernt er einige Kollegen und die wichtigsten Abläufe kennen. Malik ist der einzige Schülerpraktikant, da die Zeitung sonst nur Studenten nimmt. Diese besondere Ehre hat er Inge Behring zu verdanken, die sich für ihn stark gemacht hat. Und sie ist es auch, die ihn heute schon um 15.00 Uhr mit den Worten entlässt: „Fangen wir mal langsam an. Es kommen noch genug Tage, an denen du länger bleiben musst. Bis morgen um neun."

Es ist wie in all den früheren Jahren auch: Malik übernachtet ein paar Tage bei einem der Freunde und zieht dann weiter zum nächsten. Nur dass es dieses Mal bei Amin nicht geht. Das ist vielleicht auch besser so, denn bei Amin zu Hause herrscht miese Stimmung. Seine Noten sind im Keller und dazu hat er einige unentschuldigte Fehltage. Nachdem sein Klassenlehrer die Eltern informiert hatte, gab es richtig Krach. Die Konsequenz: einen Monat kein Sport! Amin fühlt sich jetzt wie Muhammad Ali, dem zwischen 1967 und 1970 verboten wurde zu boxen, weil er für die USA nicht in den Krieg ziehen wollte.

Für 18.00 Uhr haben sich die Jungs verabredet. Malik hat angeregt, ihre Versammlung gleich mit einer Team-Schura am Tatort in der Ihsan-Moschee zu verbinden. Sie dürften keine Zeit verlieren, schließlich sei er nicht lange in Berlin. Alhamdulilah, dass Taha und Amin ihren Zoff in der Zwischenzeit begraben haben.

Wie üblich eröffnet Malik die Sitzung: „O Allah, wir sind wieder vereint. Das ist eine Gnade. Dafür danken wir dir."

„Âmîn", sprechen die anderen.

Malik weiter: „O Allah, ohne meine Lehrerin Frau Schubert wäre ich heute nicht hier. Bitte gib ihr das größte Geschenk, das es überhaupt gibt: Dein Licht! Und ich bitte dich nicht darum, weil es mir etwas bringt, nein, ich bitte dich darum, weil die Frau wirklich gerecht ist. Sie soll glücklich sein! Und nichts macht so glücklich wie dein Licht."

Die anderen: „Âmîn."

„O Allah, wir waren nicht sicher, ob du uns wirklich dafür vorgesehen hast, den Fall Cami Harami zu lösen. Aber in deinem Namen haben wir es geschafft. Wir glauben jetzt, dass es kein Zufall war und dass du unserer Freundschaft einen höheren Sinn gibst. Dieser Sinn heißt T.A.K.I.M.!" Während Malik jeden Buchstaben einzeln ausspricht, fühlt es sich so an, als ob jemand einen Eimer kaltes Wasser über ihren Rücken schüttet.

„O Allah, wenn das wirklich unsere Vorherbestimmung ist, lass uns mit deiner Hilfe herausfinden, wer hinter dem Schweinekopfanschlag steckt!" Ein drittes Mal sprechen die anderen: „Âmîn." Dann schwenkt Malik um zu einem anderen Thema: „O Allah, bei Amin zu Hause gibt es richtig Ärger. Bitte lass uns auch eine Lösung dafür finden!"

Nachdem Malik das Duâ beendet hat, schildert Amin, was los ist: „Ich bin einfach nicht der Typ für die Schule. Acht Jahre sind genug. Immer lernen, lernen, lernen. Und dann frage ich mich: Was habe ich davon? Was bringen mir Infos über die geistigen Umbrüche vom Mittelalter zum Humanismus oder dass ich Texte für ein Werbeplakat schreiben kann?", darauf muss natürlich keiner antworten. Nach einem Augenblick redet er ganz geschwollen weiter: „Wenn mein Gegner ein Auge auf mich macht, hilft mir dann das Wissen über den Bau und die Funktionsweise des Auges?"

Karim lacht: „Wahrscheinlich nicht. Da helfen wohl eher die Schutzsuren Al-Falak und Al-Nâs."

Taha hält die Diskussion für überflüssig: „Was ist denn die Alternative? Die Schule schmeißen?"

Amin senkt seinen Kopf. „Ich weiß auch nicht. Am liebsten würde ich das", gibt er zu.

„Das geht aber nicht. Die Polizei würde dich abholen, und deine Eltern würden eine Anzeige bekommen." Dieses Mal können sich die Freunde nicht wirklich helfen. Amin bleibt stur. Sie wissen nicht, wie sie ihm unter die Arme greifen können.

So widmen sie sich dem Anschlag. Sie rufen sich in Erinnerung, was sie bereits wissen. Erstens: Das Motiv ist klar. Der Täter wollte etwas gegen Muslime unternehmen. Zweitens: Es war die Nacht von Freitag auf Samstag, in der die Tat verübt wurde. Drittens: Scheiben gingen zu Bruch. „Der Typ war bestimmt vermummt und ist gleich im Auto wieder weggebraust. Vielleicht hatte er einen Komplizen", mutmaßt Karim. Darauf kann sich Taha einen kleinen Spaß nicht verkneifen: „Stellt euch mal vor, der Täter ist mit dem Schweinekopf unter dem Arm in der U-Bahn bis zum Kotti gefahren, hat am Automaten Geld abgehoben, sich noch einen Çay gekauft und ist dann hinüber zur Moschee spaziert."

Auch Malik macht bei den Späßen mit: „Ha, ha, ha! Nein, er hat den Schweinekopf unter seinem T-Shirt versteckt, bis jemand zu ihm kam und sagte: ‚Entschuldigen Sie, kann es sein, dass da ein Schweinekopf aus ihrem Ausschnitt guckt?' Aber im Ernst, wie kann der denn unbemerkt einen Schweinekopf hierhergebracht haben? Das fällt doch auf."

Taha erkennt: „Die vierte Sache, die wir mit Sicherheit wissen: Zumindest vom Auto bis zu der Abwurfstelle muss der Täter den Schweinekopf versteckt haben." Die Strecke könnte ziemlich weit gewesen sein, weil man am Kotti selten einen Parkplatz findet. „Der hat ihn wahrscheinlich in einer großen Tasche mitgenommen. So eine, wie sie Eishockeyspieler haben", so stellt es sich zumindest Ilıcan vor.

Sie verlassen die Moschee und gehen zu der Stelle, von der aus der Schweinekopf am wahrscheinlichsten abgeworfen wurde. Direkt unter den U-Bahn-Gleisen. Wenn man hier steht, fällt man kaum auf, denn oben rattern alle fünf Minuten U-Bahnen über die Schienen.

Amin versucht, den Vorgang nachzuvollziehen. Wie ein Olympiasieger im Kugelstoßen stellt er sich mit dem Rücken zum Gebäude, verlagert sein Gewicht auf das hintere gebeugte Bein, legt die Hand an den Hals und hält inne. Aber nicht etwa, um sich auf den Abstoß zu konzentrieren, nein, er hat etwas auf dem Boden entdeckt. Nach der kurzen Ablenkung widmet er sich wieder dem Abstoß. Er bewegt sich halb rutschend, halb springend zwei, drei Meter

rückwärts Richtung Moschee, dreht sich dabei und streckt seinen rechten Arm. Sogar ein kleines Stöhnen spielt er nach. Taha amüsiert sich: „Junge, der Täter hat den Schweinekopf nicht auf das Minarett, sondern in das Gebäude geworfen!"

Während Amin zu der Stelle zurückläuft, wo er etwas entdeckt hat, ruft Taha: „Lass mal, wir haben schon verstanden!" Da er nicht reagiert, gehen Taha, Malik, Ilıcan und Karim allein zur Moschee zurück. Amin hat nicht zugehört, in Gedanken ist er woanders. Er sucht den Boden ab. Überall liegen Glasscherben, Taubenkot, Zigarettenstummel, Kaugummis und Bierflaschendeckel. Ein paar verwelkte Blätter und Kieselsteine sind noch das Einzige, was man freiwillig anfassen würde. So versifft sieht es aus. Die Stadtreinigung kommt höchstens einmal im Jahr hierher.

Da findet es Amin wieder. Er hebt einen metallenen Anhänger, etwas größer als ein Zwei-Euro-Stück, vom Boden auf. Fast hätte er ihn übersehen, weil er verdreckt und verschrammt ist. Amin poliert den Anhänger am Hosenbein. Dann schaut er ihn sich genauer an. Wie befremdlich! Ein Drachen. Okay, der ist noch nicht wirklich eigenartig, aber der Schwanz des Drachens hat sich um seinen eigenen Hals gewickelt. Amin ist irritiert. Ohne sich bewusst zu sein warum, steckt er sich das Stück in die Tasche. Nie im Leben käme er auf die Idee, wie wichtig der Drache noch werden wird.

Jetzt läuft er schnell den anderen hinterher. An der Eingangstür hört er Malik sagen: „Hier muss irgendwo der Kopf gelandet sein." Malik zeigt auf die Gummimatte vor dem Schuhregal. „Die ist neu", bemerkt Karim. Auch eine Videokamera wurde nach dem Anschlag installiert. Ein Jammer, dass es so weit kommen musste!

Sie setzen sich wieder in die Moschee. Taha bittet Karim: „Frag doch mal deine Mama, ob wir an einer Sitzung des Islamischen Dachverbands Berlin teilnehmen dürfen. Vielleicht kriegen wir da mehr Informationen."

Malik: „Und ich höre mich bei der Zeitung um." Zum Abschluss der Team-Schura beten sie Istihâra: Wenn Gutes darin steckt, den Schweinekopffall aufzuklären, dann soll Allah ihnen den Weg dafür ebnen. Oft passiert nach einem solchen Gebet nichts Spektakuläres. Die einen wachen vielleicht entschlossener auf, als sie vorher waren. Andere sind sich am nächsten Morgen sicher, etwas doch lieber bleiben zu lassen. So oder so sollen sich die Gläubigen nach dem stärkeren Gefühl richten. Manchmal schenkt Allah seinen Dienern aber auch ein eindeutiges Zeichen im Traum.

„Stellt euch mal vor, ihr würdet heute Nacht von dem Täter träumen", sagt Amin.

„Träum weiter! Wie stellst du dir das vor? Dass er seinen Namen und seine Adresse nennt und anschließend ein Geständnis ablegt?". Taha zieht eine Augenbraue hoch.

Karim verteidigt Amin: „Es könnte doch sein, dass ihm Allah einen Hinweis gibt."

Malik schläft heute und die nächsten drei Nächte bei Ilıcan. Bis auf Taha sind die Jungs ein wenig aufgeregt, als sie sich schlafen legen. „Du, Malik, nenn mir mal vier Dinge, von denen du gerne geweckt werden würdest," Ilıcan möchte die Antworten in seine neue Idee für einen Wecker integrieren, an dem er seit Tagen herumtüftelt. Malik nennt sie ihm.

„Das klappt. Du wachst morgens bestimmt früher auf. Wenn du dann doch etwas Anderes hören willst, mach meinem Sprachassistenten ne Ansage! Ach ja, fällt dir vielleicht ein Name für meinen Sprachassistenten ein? Ich komme auf nichts Sinnvolles."

„Wie wäre es mit Burak?"

„So wie das Tier, mit dem unser Prophet von Mekka nach Jerusalem reiste?"

„Ja, genau. Der assistierte doch auch dem Propheten." Warum nicht, denkt sich Ilıcan und ändert kurz ein paar Einstellungen. Am Morgen ertönt gegenüber von ihren Betten leise ein Vogelzwitschern aus einem Lautsprecher in der Ecke. Malik dreht sich einmal. Kurz darauf setzt der Azân aus Mekka aus der nächsten Ecke ein. Bevor der Gebetsrufer den Azân beendet hat, sitzt Malik auf der Bettkante.

Eigentlich sollte dann der Azân aus Medina folge, aber Malik will etwas ausprobieren: „Burak, ich möchte den Azân von Amin!" Es klappt. Amins Azân steht dem aus Mekka, Medina oder Kairo in nichts nach. Seine Stimme ist der Hammer. Und dazu rauscht im Hintergrund leise ein Meer. Nun ist auch Ilıcan wach. „Wie hast du das denn gemacht?“, fragt Malik.

„Amins Stimme habe ich mal aufgenommen. Das mit dem Meer ist ganz einfach.“

Das ist aber längst noch nicht alles. Auf dem zwei Meter breiten Bildschirm an der Wand erscheint, von wann bis wann die beiden im Tiefschlaf schlummerten und wie hoch dabei ihr Puls ging.

„Schau mal, Malik! Um 3:35 war dein Puls bei über 160. Da musst du was geträumt haben“, Ilıcan zeigt Malik die Daten.

„Ich kann mich an nichts erinnern. Schade. Aber eins weiß ich genau, ich will weiter machen. Wir müssen den Anschlag aufklären.“

Obwohl er sonst eher zögerlich ist, klinkt sich Ilıcan ohne Fragen ein: „Mir geht es genauso. Wir holen uns inschallah den Täter!“

Während die vier Berliner wie gewohnt am nächsten Morgen in die Schule gehen, erscheint Malik in der Redaktion. Um 8.30 Uhr ist noch kaum einer von den Journalisten da. Noch bevor das Praktikum begonnen hatte, hoffte er, vielleicht irgendwann eine kleine Meldung selbst verfassen zu dürfen. Und je länger er in der Redaktion arbeitet, desto größer wird dieser Wunsch.

Erst um 10:00 Uhr geht es heute richtig los. Inge Behring nimmt ihn mit zur Konferenz. Dort treffen sich die Redakteure, um zu erörtern, welche aktuellen Informationen ihren Weg in die Zeitungen finden werden. Malik beobachtet fasziniert den Austausch. Am Ende wird entschieden, wer welches Thema übernimmt. Nach der Konferenz führen die Redakteure Interviews, schauen sich Statistiken an, nehmen Vor-Ort-Termine wahr, telefonieren, lesen etwas nach oder suchen im Internet nach Details. Am Ende verfassen sie ihre Artikel.

Inge Behring ist zurzeit mit dem Thema Schule beschäftigt. Damit sich Malik in das Thema einarbeitet, macht sie ihn mit dem Archiv vertraut. Von jedem Rechner in der Redaktion können die Mitarbeiter auch auf unveröffentlichtes Material der letzten 20 Jahre zurückgreifen. Das Archiv enthält zum Beispiel Protokolle von Gesprächen mit besorgten Eltern, einige Brandbriefe von Schulleitern und Fotos von Schultoiletten, in denen es von der Decke tropft.

Eine Dreiviertelstunde, nachdem sich Malik mit dem Archiv vertraut gemacht hat, fällt ihm ein, dass es die perfekte Hilfe für weitere Informationen über den Schweinekopffall sein könnte. Malik gibt verschiedene Suchbegriffe ein: Islamfeindlichkeit, antimuslimisch, Islamophobie, Vorurteile über Muslime. Nur zwei Treffer – mehr nicht! Dabei ist doch das Problem in den letzten Jahren immer größer geworden. Malik kann das nicht nachvollziehen. Genauso wenig kann er verstehen, dass in dem Artikel über den Schweinekopfanschlag davon ausgegangen wird, dass dahinter ein innertürkischer Konflikt steckt.

Malik schüttelt den Kopf. Und warum dann ein Schweinekopf? Den zweiten Artikel kennt er schon, da kommt er ja selbst als Initiator der Solidaritätsaktion für die Ihsan-Moschee vor. Mal sehen, ob Karim beim Islamischen Dachverband weitergekommen ist.

BEIM ISLAMISCHEN DACHVERBAND

Am nächsten Abend dürfen die Jungs von T.A.K.I.M. an der Vorstandssitzung des Islamischen Dachverbands Berlin teilnehmen und ihre Fragen stellen. Der Raum ist so dunkel, dass schwere Deckenleuchter brennen, obwohl es draußen noch hell ist. Genauso rustikal wie die Lampe ist der ovale Holztisch. Alles fühlt sich aalglatt an.

Als Vorstandsmitglied Ahmet Bey in den Raum stürmt, kann er nicht sehen, dass der kleine Taha hinter der hohen, dunkelbraunen Rückenlehne aus Leder sitzt. Da er annimmt, dass sein Stammplatz frei ist, und er ohnehin sehr hektisch ist, setzt er sich fast auf den Schoß von Taha. Zum Glück reißt der gerade noch seine Hände hoch und drückt Ahmet Bey von sich. Beide haben sich ganz schön erschreckt.

Die jungen Detektive wollen erfahren, ob der Vorstand mehr zu den Hintergründen des Schweinekopfanschlags weiß als das Archiv des Berliner Journals hergab. Allerdings müssen sie sich gedulden, ihr Anliegen ist der letzte Tagesordnungspunkt.

Tante Hadidscha, Karims Mutter, eröffnet heute die Sitzung. Nachdem sie die jungen Gäste vorgestellt hat, führt sie in das erste Thema ein: „Wir haben hier den Antrag aus der Kuba-Moschee: ‚Der Dachverband solle eine klare Position in der aktuellen Debatte um die Teilnahme von muslimischen Schulkindern an Klassenfahrten einnehmen und der Politik deutlich machen, dass die Kinder von den Reisen befreit werden müssen. Klassenfahrten gehören nicht zur Schulpflicht und sind nicht mit unseren religiösen Überzeugungen in Einklang zu bringen!'"

Die sechs Vorstandsmitglieder denken nach und scheinen noch unentschlossen. Auch Tante Hadidscha merkt das. Da kann es nicht schaden, sich die Meinung von Betroffenen anzuhören: „Wie denkt ihr denn darüber?", fragt sie T.A.K.I.M.

„Ich finde es, ehrlich gesagt, halb so wild. Was sind denn die Bedenken?", fragt Taha, der nicht nachvollziehen kann, was das Problem ist.

Ahmet Bey versucht es zu erklären: „Vielleicht hat er Angst, dass es für sein Kind mit dem Essen schwierig werden könnte."

„Darum müssen sich Eltern keine Sorgen machen“, meint Amin. „Also, ich war zweimal auf Klassenfahrt. Beide Male gab es mindestens ein vegetarisches Essen.“ Ilıcan hat bis jetzt geschwiegen. Nun dreht er sich zu Malik. „Und hast du nicht erzählt, dass deine Lehrerin extra für dich Halal-Salami eingepackt hat?“

„Ja, das stimmt. Das war mir so peinlich, weil ich keine Extra-Halal-Wurst haben wollte und mir Käse und Marmelade gereicht hätte.“

Tante Hadidscha ist beeindruckt: „Ich hoffe, du weißt, was du da für eine tolle Lehrerin hast. Es wäre schön, wenn es davon mehr geben würde.“ Dann erzählt ein anderes Vorstandsmitglied, wie er vor zwei oder drei Jahren Eltern in seiner Gemeinde beruhigen musste, weil sie ihre Tochter nicht mit auf Klassenfahrt schicken wollten: „Die dachten, es geht da zu wie sonstwo! Mädchen und Jungs würden in einem Zimmer übernachten! Könnte sein, dass der Verfasser des Antrags an so etwas dachte.“

Da schaltet sich Karim ein: „Mama, warum machen es die Eltern nicht so wie du? Als ich in der siebten Klasse wegfuhr, bot sich meine Mutter an, als Betreuerin mitzukommen. So konnte sie sich selbst ein Bild machen.“ Karim hat heute extra ein weißes Hemd und ein Stoffhose angezogen, weil er das für angemessen hielt. Schließlich kommt es nicht alle Tage vor, dass Außenstehende an den Sitzungen teilnehmen.

Tante Hadidscha erinnert sich: „Mir ging es weniger um Kontrolle als darum, die Lehrerin zu unterstützen. Nebenbei erfuhren die Schüler, wie ich als gläubige Muslimain lebe. Am Ende der zwei Wochen rollten viele Tränen, manche Kinder wollten mich gar nicht gehen lassen.“ Tante Hadidscha steht auf, geht zum Flipchart und zeigt noch einmal auf den Tagesordnungspunkt: „Entschuldigt, wir müssen jetzt entscheiden, wie wir mit dem Antrag umgehen.“

Die Vorstandsmitglieder einigen sich darauf, dass der Verband muslimische Eltern nicht dazu auffordern möchte, Klassenfahrten zu boykottieren. Zu wichtig sind sie für den Zusammenhalt der Gruppe. Außerdem können Schüler lernen, selbstständiger zu werden – eine gewisse Zeit ohne Eltern.

Malik meldet sich: „Darf ich versuchen, eine passende Stellungnahme zu formulieren?“ Es wäre eine gute Übung für sein Praktikum bei der Zeitung. Tante Hadidscha ist etwas überrascht, nimmt das Angebot dann aber gerne an.

Als Nächstes bringen sich die Vorstandsmitglieder über den Islamischen Religionsunterricht auf den neuesten Stand. Es werden neue Lehrer gesucht. Anschließend steht ein schweres Thema auf der Tagesordnung. Vor wenigen Tagen ist ein geflüchtetes Mädchen in einem Berliner Fluss ertrunken. Ein tragischer Unfall. Das Mädchen konnte nicht schwimmen.

Aus diesem Grund hat Tante Hadidscha den Europäischen Schwimm- und Wasserrettungsverein (ESWV) kontaktiert. Gemeinsam wollen sie Schwimmkurse für Kinder organisieren und auch Mitglieder aus den Moscheen zu Rettungsschwimmern ausbilden. Tante Hadidscha: „Was mich bei der Reaktion vom ESWV super gefreut hat: Die haben kein Problem mit Burkinis. Und sie schlugen ihrerseits vor, dass einige Badezeiten getrennt für Frauen und Männern eingerichtet werden. Wir sollten unsere Gemeindemitglieder auch dazu aufrufen, an diesen Schwimmzeiten teilzunehmen."

Nun aber geht es endlich um den Schweinekopffall. Die Jungs fragen, ob die Anwesenden mehr darüber wissen. Aber das ist nicht der Fall. „Gibt es vielleicht ähnliche Erfahrungen mit Islamfeindlichkeit?", fragt Taha. Vorstandsmitglied Barış hebt die Hand: „Ach, wisst ihr, das ist überhaupt nichts Besonderes mehr. Es wundert mich auch nicht. Die Zeitung mit den großen Buchstaben lässt keine Gelegenheit aus, uns Muslime in ein schlechtes Licht zu rücken, und Politiker aus bestimmten Parteien warnen ständig vor dem Islam. Wenn jemand vor dem Hintergrund einer solchen Stimmung durchdreht, wundert mich das nicht."

„Ist so etwas auch schon in anderen Moscheen vorgekommen?", möchte Karim wissen.

„So heftig war es bisher noch nicht. Aber uns in der Salman-Moschee hat man schon mal gedroht. Jedenfalls haben wir eine böse Mail empfangen", informiert Barış die Jungs.

Karim wird neugierig: „Wann war das? Was stand drin?"

„Ach, das ist noch länger her als der Schweinekopfanschlag. Ich schätze mal vor acht Monaten. Der schrieb so etwas wie: ‚Ihr Muslime könnt euch auf was gefasst machen. Besser ihr und eure teuflischen Brüder des Unglaubens verlasst das Land, bevor es zu spät ist.'" Barış muss bei diesen Worten kichern, so als könnte ihm auch eine noch so große Drohung nicht einschüchtern: „Vielleicht hat er auch geschrieben: ‚ungläubige Brüder des Teufels'. Ich weiß nicht mehr." Die Jungs reagieren anders. Mit einem Schlag werden dieselben Gefühle geweckt wie direkt nach dem Anschlag. Ein weiteres Mal wird ihnen bewusst: Es gibt Menschen, die etwas gegen sie in diesem Land haben. Der Hass dieser Personen ist extrem. Sie fordern, dass Muslime aus Deutschland verschwinden. Und das nur, weil sie an etwas Anderes glauben.

Dutzende Male hörten sie Erwachsene darüber diskutieren, ob sie deutsche Muslime sind. Aber sie konnten damit nie etwas anfangen. Nicht dass sie sich als Algerier, Pakistaner, Türke, Somali oder Aserbaidschaner fühlen. Nein, darum geht es nicht. Aber was bedeutet es, Deutsch zu sein? Das konnte ihnen bisher keiner so richtig erklären. Gehört bestimmtes Essen dazu, die Sprache, eine bestimmte Kleidung oder Werte wie die Nächstenliebe? Selbst wenn sie träumen, sprechen sie akzentfrei deutsch, sie kleiden sich wie Gleichaltrige überall auf der Welt, und die Nächstenliebe gibt es nicht nur bei Christen in Deutschland.

Viel leichter fällt es Amin, Karim, Taha und Ilıcan, sich als Berliner zu fühlen. Berlin ist ihre Heimat. Nach fünf Tagen im Urlaub haben sie Sehnsucht nach Berlin. Sie vermissen die Straßen, die Plätze, Ecken und Gebäude in ihrem Kiez. Für andere mögen es keine besonderen Orte sein. Doch ihnen wird warm ums Herz, wenn sie an den Weg von der Bushaltestelle nach Hause denken, an die Fußgängerzone und den Bolzplatz. Oder an die Bäckerei, wo ihnen die nette Verkäuferin als Kind immer einen Lutscher schenkte.

Werden sie im Ausland gefragt, woher sie kommen, antworten sie mit leuchtenden Augen: „Berlin!“ und nicht „Deutschland“. Mit der rechten Faust schlägt sich Amin dabei auf die Brust. Und wenn Karim ihm nicht gesagt hätte, dass der Islam es verbietet, hätte er sich den Schriftzug „Berlin" auf dem Oberarm tätowieren lassen. Selbst der Bürgermeister wäre kein besserer Botschafter dieser Stadt.

In Maliks Brust schlagen sogar zwei Herzen: Eins für die Großstadt Berlin und eins für Wertersbach bei Mannheim. Dort liebt er die Landschaft. Muslimischen Jugendlichen in anderen Teilen Deutschlands geht es mit ihren Wohnorten bestimmt genauso. Egal, ob sie in Großstädten, Kleinstädten oder Dörfern leben.

Und aus dieser Heimat sollen sie weg? Irgendwie haben sie Angst vor dem genauen Inhalt der E-Mail. Aber sie müssen da durch. Taha spricht Barış an: „Die E-Mail könnte eventuell eine Ankündigung des Anschlags enthalten. Haben Sie die Mail noch? Das wäre wichtig."

AS-SAAM ALAYKUM – DER TODESWUNSCH

Nachdem sich Barış mehrere Tage nicht gemeldet hat, besorgt Karim sich die Nummer von seiner Mutter und ruft ihn an: „Onkel Barış, ich bin es, der Sohn von Hadidscha. Ich wollte dich an die Mail erinnern."

Da fällt es Barış wieder ein: „Tut mir leid, ich habe es total vergessen. Warte mal, ich sitze eh gerade am Computer." Nur wenige Sekunden später: „Ich musste nur Teufel in die Suchfunktion des E-Mail-Programms eingeben, schon wurde ein Treffer angezeigt. Hätte mich auch gewundert, wenn im Posteingang der Moschee das Wort häufiger zu finden wäre. Ich leite sie euch weiter." Karim gibt ihm seine Mailadresse und trommelt dann seine Freunde zusammen.

Zwei Stunden später sitzen die Freunde vor Karims Laptop. Malik: „Eigentlich genau das, was Barış erzählt hat: ‚Ihr ungläubigen Brüder des Teufels'. Nur komisch, dass er mit den Worten Salâmu alaykum grüßt."

Karim: „Lies nochmal richtig. Er hat As-Saam alaykum geschrieben."

„Entweder hat er sich verschrieben oder hat keine Ahnung", glaubt Taha.

„Und ob er Ahnung hat! Der Gruß spielt auf eine Geschichte des Propheten Muhammad (s) an. Er war gerade mit seiner Frau Aischa unterwegs, als er ein paar Leute traf, die ihn hassten. Sie begegneten ihn mit den Worten ‚As-Saam alaykum'. Und das bedeutet: Der Tod soll über dich kommen!", erklärt Karim seufzend.

Amin war die ganze Zeit nicht sonderlich interessiert, las selbst auch nicht mit, aber jetzt ist er auf 180: „Was für Hu...", er kann sich das Wort gerade noch verkneifen. Stattdessen tut er so, als würde er jemandem vor die Füße spucken: „Ich weiß nicht, wen ich mir zuerst krallen würde: Diejenigen, die unseren Propheten beleidigt haben, oder den Typen mit der E-Mail."

Karim versucht ihn zu beruhigen: „Junge, die Geschichte geht noch weiter. Aischa hat wahrscheinlich ähnlich gefühlt wie du, denn sie antwortete: ‚Nein, der Tod soll über dich kommen und verflucht sollst du sein!'"

„Ja, recht hat sie. Sehr gut!", Amin ist erleichtert.

„Und weißt du, wie der Prophet auf Aischa reagiert hat?" Bei diesen Worten wird Amin bewusst, dass er es übertrieben haben könnte. Er schüttelt den Kopf.

„Der Prophet wandte sich an seine Frau: ‚O Aischa, Allah liebt die Sanftmut in allen Dingen'", worauf Amin sich denkt: Ach, hätte ich doch besser nichts gesagt.

Dann holt Taha die Jungs wieder zurück zu dem eigentlichen Thema: „Können wir etwas mit der Mail anfangen? Sieht nicht so aus, oder?"

Ilıcan, der sich seit einiger Zeit mit Kriminaltechniken beschäftigt: „Wäre es ein Bekennerschreiben oder ein Paket, dann müsste man alles drehen und wenden und sich von jeder Seite anschauen. Wir müssten Fingerabdrücke sichern und überprüfen, bei welchem Postamt es abgegeben wurde. Aber was soll man schon bei einer Mail machen? Viel können wir hier nicht checken. Aber lasst uns trotzdem schauen, ob das Datum, die Uhrzeit, der Betreff, die Wörter vor dem @ und nach dem @ etwas hergeben."

Taha fährt gerade mit der Maus über die Mail, als Amin die Stirn runzelt: „Komisch, stiborius@drachen.zu." Die E-Mail-Adresse ist ihm jetzt erst aufgefallen. Ob es daran liegt, dass er gerade den gefundenen Anhänger in der Hosentasche hin- und herwendet? Dreht er jetzt komplett durch oder gibt es zwischen Drachenanhänger und E-Mailadresse tatsächlich eine Verbindung? Leider gehen seine Worte unter – niemand hört ihm zu. Amin ist sich unsicher, ob er etwas von seinem Fund berichten soll. Bestimmt lachen ihn die anderen wieder aus. Als ob es da einen Zusammenhang geben würde! Auf solche Bemerkungen kann er jetzt verzichten.

Derweil bringt Ilıcan in Erfahrung, was der komische Name Stiborius bedeutet. Kurz darauf: „Leute, das hilft uns nicht weiter. Es gibt auf dem Mond einen Stiborius-Krater." Amin sagt in Gedanken „Bismillâhirrahmânirahîm", so wie er es immer tut, wenn er sich überwinden muss, etwas zu sagen. Würde er jetzt trotzdem noch schweigen, könnte er es sich kaum verzeihen. Deshalb probiert er es noch einmal: „Ich finde ‚Drachen' seltsam."

„Was ist daran seltsam? Ist doch einfach nur eine Fantasieadresse, damit man nicht erkennt, wer dahintersteckt", meint Taha. Und auch Karim sieht nicht, wie ihnen der Name irgendwie helfen sollte: „Oder er will uns damit einschüchtern", Karim hebt die Hände auf Kopfhöhe, fährt die Krallen aus, verzieht sein Gesicht zur gefährlichen Fratze: „Arrrrh, der feuerspeiende Drache.“ Genau das hat Amin befürchtet: Keiner nimmt ihn ernst und dazu noch blöde Reaktionen. Gerade jetzt, da sie ihn wegen der Schule so bedrängen. Hätte er sich den Hinweis nur verkniffen – war wahrscheinlich ohnehin nur ein verrückter Zufall.

Während Taha, Ilıcan und Karim einen Tag später in die Schule gehen und Malik sich auf den Weg in die Zeitungsredaktion macht, beschließt Amin morgens das Fitnessstudio zu besuchen. Heute sind Bein-, Rücken- und Schultermuskulatur an der Reihe. Mittwochs, freitags und sonntags trainiert er Bauch und Arme. Nach 90 Minuten ist er ausgepowert, geht in die Umkleidekabine und zieht sich um. Bei Amin heißt das: Die eine Sportkleidung ausziehen und andere Sportkleidung wieder anziehen. Dazu legt er sich ein Handtuch von hinten über den Hals und marschiert Richtung Ausgang. Sein Gesicht ist von der anstrengenden Trainingseinheit noch gerötet.

Und es verliert seine Röte nicht, als er aus dem Fitnesscenter tritt, denn dort entdeckt er seine Mutter! Mist, eigentlich sollte er in der Schule sein. In der Hoffnung, dass sie ihn nicht sieht, wirft er schnell das Handtuch über den Kopf und bewegt sich im Dauerlauf von ihr weg. Hoffentlich erkennt sie ihn nicht. Oder noch besser: Er fällt gar nicht erst auf. Der Trick scheint aufzugehen. Sie ruft ihn nicht zurück.

Nach einer Weile, vielleicht 400 Metern, merkt er, wie jemand ganz locker neben ihm her trabt. Seine Mutter! Amin bleibt stehen. „Nein, nein, lauf weiter!

Oder hast du schon genug?" Amins Mutter zieht das Tempo sogar noch an: „Wo bleibst du?", fragt sie locker und lässig, als wäre es für sie ein gemütliches Auslaufen. Kein Wunder, sie war schließlich in der Volleyball-Nationalmannschaft von Albanien. Von irgendjemandem muss Amin ja seine Begabung haben. „Deine Lehrerin hat angerufen."

„Aha, was hat sie gesagt?"

„Na, was hat sie wohl gesagt?"

Amin kommt langsam aus der Puste: „Keine Ahnung."

„Müsstest du nicht um diese Zeit in der Schule sein?"

„Weiß nicht." Es fällt ihm immer schwerer, schnell zu joggen und gleichzeitig zu reden. Jetzt stößt er nur noch einzelne Worte aus und schnappt nach jedem ein paar Mal nach Luft: „Ich...dachte,... Bio...fällt...aus..."

Seine Mutter redet und joggt – ohne das geringste Zeichen von Qual: „Ah, ich dachte, ich dachte. Kommt es auch vor, dass du zu früh in die Schule gehst, wenn du so viel denkst?"

Was soll denn der Spruch jetzt?, ärgert sich Amin. Wieder hat sie ihn um einige Meter abgehängt: „Am heftigsten finde ich aber, dass du dann auch noch zum Sport gehst, obwohl du ganz genau weißt, dass wir das verboten haben." Während sie spricht, joggt sie rückwärts, um ihn anzuschauen. Da sich der Abstand zu ihr trotzdem nicht verringert, fühlt sich Amin richtig gedemütigt. Nicht schneller laufen zu können als die rückwärts joggende Mutter, das ist mies.

Amin hat jetzt bestimmt einen Puls von 180, ringt nach Luft – er hat keine andere Wahl, als aufzugeben. Er stoppt, beugt sich nach vorne wie beim Ruku. Sein Brustkorb bläst sich auf und in den Bruchteilen einer Sekunde zieht er sich wieder ein. Er schnauft. „Und jetzt?"

„Jetzt joggen wir zur Schule."

„Was? Das sind mindestens neun Kilometer!"

„Du wolltest doch Sport machen."

Die ganze Strecke redet sie auf ihn ein, spricht von der Zukunft, was er sich alles verbaut. Doch Amin lässt die Worte auf der einen Seite rein und auf der anderen Seite wieder raus. Selbst wenn er die Kraft hätte, jetzt noch zuzuhören, würde er einfach nur abblocken. Amins Mutter drosselt das Tempo. Dennoch benötigt Amin bis zur Schule noch drei Pausen, was nicht schlecht ist. Seine Mitschüler

bräuchten mindestens fünf. Völlig fertig trifft Amin in der Schule ein. „Ich werde dich nach der siebten abholen. Deine Treffen mit Taha, Ilıcan, Malik und Karim kannst du dir in nächster Zeit abschminken!" Amin bittet und bettelt – es hilft alles nichts.

Der Schlag sitzt. Am Nachmittag sitzt Amin allein in seinem Zimmer und weiß nicht weiter. Die anderen müssen jetzt ohne ihn auskommen. Als Amin Malik anruft, um ihm die schlechte Nachricht mitzuteilen, kommt er ohne Umschweife direkt zur Sache: „Malik, ich bin raus. Meine Eltern haben mir fürs Erste verboten, euch zu treffen. Es ist vorbei."

„Dein Ernst? Junge, das geht nicht. Wir sind ein Team."

„Schon, aber ich habe Mist gebaut." Dann erzählt Amin davon, wie ihn seine Mutter beim Schwänzen erwischt hat. Auch wenn Amin so tut, als ob es ihm nicht so viel ausmacht, merkt Malik, dass es Amin innerlich zerreißt, seine Freunde mit dem Fall alleine zu lassen. Am Ende fragt er: „Amin, hast du noch einen Tipp für uns? Wo sollen wir weiter machen?" Die Nachfrage von Malik kommt genau richtig. Endlich packt Amin aus und erzählt von dem Anhänger.

Malik ist verblüfft: „Jetzt verstehe ich, was du mit der E-Mail-Adresse meintest. Warum hast du gestern nichts von deinem Fund erzählt?"

„Wollt ich ja, aber ihr habt mir nicht zugehört!" Nach Maliks Entschuldigung beschreibt Amin, wie der Anhänger aussieht.

„Bizarr! Kannst du mir ein Bild von dem Drachen senden?"

Nach kurzem Überlegen meint Malik: „Amin, es ist goldwert, dass dir der Anhänger aufgefallen ist und du ihn nicht weggeschmissen hast."

„Wie meinst du das?"

„Na, so können wir davon ausgehen, dass der oder die Täter bewusst ‚Drachen' wählten. Das war kein Zufall. Drachen müssen eine Bedeutung für sie haben."

Mit diesen wichtigen Erkenntnissen geht Malik wenig später zu Taha. Karim und Ilıcan sind auch schon da. Nachdem Malik ihnen die schlechte Nachricht übermittelt hat, dass Amin fürs Erste nicht mehr dabei sein kann, zeigt er ihnen den Drachenanhänger auf dem Handy-Display. Karim: „Das erinnert mich an ein Ouroboros. Das kommt aus dem Griechischen und bedeutet so viel wie Selbstverzehrer oder wortwörtlich Schwanzverzehrender. Die alten Ägypter waren wahrscheinlich die ersten, die es als Zeichen benutzten. Allerdings mit einer Schlange. Sowohl ein Ouroboros als auch dieser Drache bilden einen geschlossenen Kreis. Aber irgendetwas ist bei diesem Drachen anders." Karim grübelt: „Ja, normalerweise beißt sich die Schlange in den Schwanz. So steht es für ihre totale Unabhängigkeit. Hier wickelt sich der Schwanz um den Hals. Platon meinte ...", gerade will Karim zu weiteren Ausführungen über den uralten Philosophen ansetzen, da unterbricht ihn Taha: „Ja, ja, Karikon, ist ja gut. Das reicht! Was fangen wir jetzt damit an?"

„Wartet mal, ich lade das Foto bei Google hoch. So kann ich nach ähnlichen Bildern suchen", schlägt Ilıcan vor. Sie kriegen heraus, dass es vor langer Zeit ein Abzeichen war. Für wen oder was? Keine Ahnung. Aber das Berliner Kunstgewerbemuseum bewahrt ein Metallabzeichen dieser Art! Kurz darauf rufen sie im Museum an und bitten darum, mit einem Mitarbeiter verbunden zu werden, der ihnen mehr über den Drachen erzählen kann. Sie werden durchgestellt zum Museumsrestaurator. Malik übernimmt das Gespräch: „Herr Hübner, wir haben gelesen, dass es in Ihrem Museum ein Abzeichen mit einem Drachen gibt."

„Ja, das ist richtig. Unter der Inventarnummer 1903/44 haben wir ein vollständig erhalten gebliebenes Metallabzeichen des sogenannten Drachenordens. Von den 245 ehemals existierenden Originalen gibt es nur noch drei. Eines hier, ein gesticktes Abzeichen im Bayrischen Nationalmuseum und dann noch eines im Haus Doorn, einem Schloss in den Niederlanden."

Weil Malik spürt, dass der Museumsrestaurator weiterhelfen kann, fragt er: „Herr Hübner, könnten wir eventuell mal vorbeikommen? Wir würden gerne mehr über diesen Drachenorden erfahren."

„Kein Problem. Ich bin immer von 10:00 Uhr bis 18:00 Uhr hier. Fragt bei der Pforte nach mir. Mein Büro liegt im nichtöffentlichen Teil des Museums." Für heute ist es leider schon zu spät. Doch am nächsten Tag, gleich nach Schule und Praktikum, wollen T.A.K.I.M. ins Museum. Vielleicht kann ihnen der Museumsrestaurator erklären, was es mit diesem rätselhaften Orden auf sich hat!

FREIWILLIG INS MUSEUM?

Wenn ihre Lehrer an Wandertagen ins Museum wollen, protestieren die Jungs von T.A.K.I.M. am lautesten. Heute ist das anders, heute gehen sie freiwillig ins Kunstgewerbemuseum. Leider ohne ihren Freund Amin.

Der Pförtner hat ihnen den Weg in das Büro von Herrn Hübner beschrieben. Zuerst gehen sie die Mittelhalle mit den großen Bodenfliesen entlang, von dort über die alte große Wendeltreppe mit den hölzernen Handläufen am Geländer hoch in den zweiten Stock, wo sie den rechten Gang nehmen. Das Büro von Herrn Hübner liegt ganz am Ende.

Nachdem sie angeklopft haben, treten sie ein und begrüßen Herrn Hübner freundlich. „Hallo, ihr seid die Anrufer von gestern. Richtig?“ Die Jungs nicken. Nacheinander geben sie ihm die Hand.

Herr Hübner hat seine Berufung gefunden, denn in diesem Museumsjob stecken fünf Jahrzehnte Leidenschaft. Er ist längst pensioniert, aber weil er die Arbeit so liebt, hat er freiwillig noch einige Jahre drangehängt.

Karim trägt heute wie Herr Hübner eine Schirmmütze. Damit fühlt er sich wie ein klassischer Detektiv und außerdem sind sie in seiner Schule wieder voll im Trend. Der Museumsmitarbeiter verdeckt mit der Mütze seine Halbglatze. Beide haben ihre Stoffhosen am Knöchel umgeschlagen. Und Taha blickt interessiert auf die Puma-Umhängetasche aus schwarzen Leder, die unter dem Schreibtisch von Herrn Hübner liegt. Die Retro-Versionen der Taschen sind wieder „In". Taha würde sich sofort eine solche kaufen. Mode feiert nach langer Zeit oft ein Comeback. Andere Dinge können ruhig begraben bleiben.

Ansonsten trägt Herr Hübner ein blau, rot, weiß gestreiftes Hemd und darüber eine graue Weste. An der linken Brusttasche stecken ein paar verschiedenfarbige Kugelschreiber und auf der rechten Seite lugt eine Lupe heraus. Seine Brille benutzt er wohl nur zum Lesen, sie hängt an einem Band vor seiner Brust.

Taha kommt gleich zur Sache: „Herr Hübner, Sie haben am Telefon vom Drachenorden gesprochen. Was ist das?"

Nun holt Restaurator Hübner weit aus, aber das macht nichts, für T.A.K.I.M. sind es sehr wertvolle Informationen: „Im 14. Jahrhundert lebte ein Sigismund von Luxemburg. In Nürnberg kam er zur Welt, in Brandenburg wurde er Kurfürst, in Ungarn König und in Tschechien starb er."

Taha unterbricht ihn kurz: „Klingt ja wie bei Fußballstars: Schalke, Madrid, Paris, Manchester und Turin. Und ich dachte, das wäre typisch für unser Jahrhundert."

„Das stimmt. Früher konnten sich das nur Reiche oder Adlige wie Sigismund leisten. Genauso ein Privileg war gute Bildung. Sigismund sprach vier Sprachen. Dieser Kerl gründete die ritterliche Gesellschaft des Drachens. So lautet der eigentliche Name des Drachenordens."

Karim macht sich ein paar Notizen, nun schaut er von seinem kleinen Büchlein auf: „Wofür wurde der Orden gegründet?"

„Sie wollten die Muslime aus Europa vertreiben. Die Mitglieder des Ordens verpflichteten sich zu diesem Kampf."

„Waaas?", entfährt es Taha. Auch Ilıcan ist schockiert, Karim muss kräftig schlucken, um den Kloß in seinem Hals herunterzubekommen, und Malik reibt seine Ohren: Habe ich das richtig verstanden? Ein geheimer Orden gegen die Muslime?

Klar, sie kennen aus Filmen geheime Orden, verschwiegene Logen und Freimaurer. Auch ein paar Freunde haben mal etwas davon erzählt. Als ob geheime Vereinigungen tatsächlich Politik, Wirtschaft und Medien im Hintergrund lenkten! Warum sollte sich T.A.K.I.M. mit so etwas beschäftigen? Gesicherte Infos gibt es kaum. Solche Verschwörungstheorien sind für Karim, Taha und Amin reine Zeitverschwendung – Malik und Ilıcan machen sie sogar Angst.

Malik hat einen Freund, der sich mit kaum etwas Anderem beschäftigt. Auf jedem Geldschein schaut er nach versteckten Zeichen, manchmal fühlt er sich verfolgt und erzählt von grausamen Aufnahmeritualen, die es seit Jahrhunderten geben soll.

Man kann sich schon vorstellen, wie glücklich Malik ist, sich jetzt mit so einem Orden zu beschäftigen. Er befürchtet, in einen Strudel gezogen zu werden.

Herr Hübner scheint bemerkt zu haben, dass die Jungs sich Sorgen machen: „Muslime hat es in Europa jahrhundertelang gegeben und wird es hoffentlich immer geben. Ihr seid der beste Beweis! Was wäre Europa und was wäre Berlin ohne Jungs wie euch?" Herr Hübners Worte gehen Ilıcan runter wie warmer Salep im Winter. Nur Malik wundert sich: Wie kann er so etwas sagen? Er kennt uns doch gar nicht! Zu ihrer Überraschung erzählt er ihnen, dass er selbst in verschiedenen Ländern des Orients arbeitete. Er war in der 70er Jahren Mitglied einer Ausgrabungsexpedition antiker Schätze.

Dann kehrt er zurück zum eigentlichen Thema: „Damals gab es viele Kriege zwischen christlichen Herrschern in Europa und dem muslimischen Reich der Osmanen. Ende des 14. Jahrhunderts verkündete Papst Bonifatius IX. einen erneuten Kreuzzug." Die Jungs hören gefesselt zu. Taha lässt sich nicht mal von dem vibrierenden Handy in seiner Hosentasche stören. „Sein Ziel war es, die Muslime in Bulgarien zurückzudrängen und Konstantinopel, also das heutige Istanbul, zu sichern. Deshalb vereinte Sigismund mehrere Reiche im Kampf gegen die Osmanen. Allerdings endete die Schlacht von Nikopolis für Sigismund und seine Armeen in einem Desaster." Unter dem Tisch ballt Taha die Faust. „Beinahe hätten die Osmanen Sigismund gefangen genommen, wäre er nicht auf italienischen Schiffen nach Konstantinopel geflohen. Ich kann mir gut vorstellen, dass dieses Erlebnis zu der Gründung des Ordens führte."

Auch Ilıcan, der sonst mit Geschichte nichts am Hut hat, ist neugierig geworden: „Wie ging es weiter mit Sigismund?"

„Wie gesagt, sein Lebensziel, die Muslime zu vertreiben, hat er nie erreicht. Aber er wurde römisch-deutscher Kaiser. Im Jahr 1437 starb Sigismund. Sein Grab liegt im heutigen Rumänien." Malik fällt die kleinste Ungereimtheit auf. Er hakt nach: „Haben Sie vorhin nicht gesagt, dass er in Tschechien begraben liegt?“ Herr Hubert spielt es herunter: „Ach, habe ich das? Kann sein.“ Dabei sagte er nur, dass Sigismund in Tschechien starb, begraben wurde er wirklich in Tschechien.

Taha war eben abgelenkt, weil er auf die Uhr schaute. Schon 18:48 Uhr. Er bittet um Entschuldigung: „Wir haben ihnen viel zu viel Zeit gestohlen. Sorry, aber wir haben gar nicht auf die Uhr geachtet.“

„Das macht nichts. Ich freue mich, wenn junge Menschen ins Museum kommen.“

„Dann würde es Ihnen nichts ausmachen, wenn wir morgen wiederkommen? Einer aus unserer Gruppe fehlt nämlich, und der hat etwas gefunden, was genauso aussieht wie ein Drachenorden. Das müssen Sie unbedingt sehen!“, sagt Karim überschwänglich. Gerade will Taha sein Handy herausholen, um das Bild zu zeigen. Da hält Malik unauffällig sein Handgelenk, um ihn daran zu hindern. Karim versteht und lässt es in der Hosentasche.

Herr Hübner: „Jetzt bin ich gespannt. Also morgen gleiche Uhrzeit. Ich freue mich!“

Auf dem Weg nach Hause spricht Karim Malik an: „Warum wolltest du nicht, dass ich das Bild zeige?“

„Ich weiß nicht. Ich habe da ein komisches Gefühl.“

Karim: „Was denn? Der ist doch ganz nett.“ Auch Ilıcan und Taha verstehen nicht, warum Malik so vorsichtig ist. „Ach, vielleicht sollten wir einfach nicht alles, was wir wissen, auf den Tisch legen und ein paar Sachen für uns behalten. Wer weiß, wofür das noch gut sein wird. Er macht das ja auch nicht.“

Die anderen verstehen nicht, worauf Malik hinaus will. „Na, habt ihr euch mal gefragt, warum er uns das Abzeichen nicht längst gezeigt hat? Deshalb sind wir doch überhaupt nur ins Museum gegangen."

Taha schüttelt den Kopf: „Malik, wir waren doch alle gefangen in den alten Geschichten vom Orden. Warum hast du nicht selbst nach dem Abzeichen gefragt?" Malik zuckt die Schultern. Das kann er selbst nicht beantworten.

Dann rufen sie Amin an. Sie erzählen ihm alles vom Drachenorden. Er muss morgen unbedingt mitkommen. Schließlich scheint etwas dran zu sein, an der Verbindung des Ordens mit dem Anstecker. „Das geht nicht, Jungs. Ich habe gerade zwei Stunden mit meinen Eltern diskutiert. Solange ich nicht bereit bin, Nachhilfe zu nehmen, darf ich nicht raus."

Taha fasst sich am Kopf: „Na, dann mach doch, Junge! Was ist daran so schlimm? Wir brauchen dich morgen! Du musst den Anhänger mitbringen, und außerdem ist T.A.K.I.M. nicht dasselbe ohne dich!" Wenn sein Stolz Amin nur nicht im Wege stehen würde. Die anderen versuchen alles, um ihn umzustimmen. Ohne Erfolg. Am Ende des Telefonats teilen sie Amin den Treffpunkt mit. Vielleicht überlegt er es sich ja doch noch einmal.

JETZT AUCH NOCH DRACULA

Über eine halbe Stunde warten sie schon. Vergeblich. Normalerweise kommt Amin überpünktlich, seit Karim ihm mal eine richtige Standpauke gehalten hat. Das war, als T.A.K.I.M. in ihrem ersten Fall den Moscheendieb Cami Harami jagte. Amin machte sich über Karim lustig, weil der immer so eine Szene machte, wenn jemand zu spät kam. Daraufhin brachte Karim ihm bei, dass Pünktlichkeit eigentlich eine muslimische Tugend ist.

Kaum zu glauben, aber Amin lässt die Jungs hängen. Ilıcan möchte schon fast den ganzen Fall aufgeben, aber die anderen überzeugen ihn, trotzdem weiterzumachen. Eins ist klar: Lange wird das nicht gut gehen.

So sitzen Taha, Malik, Karim und Ilıcan wieder allein bei Herrn Hübner, der ihnen ein paar Teilchen aus der Bäckerei anbietet: Bienenstich, Käsekuchen, Donuts. „Bitte, bevor wir wieder über den Drachenorden sprechen, nehmt ihr euch ein Stück.“ Ilıcan, Karim und Taha lassen sich nicht zwei Mal bitten, Malik hingegen zögert. Karim erinnert sich an den Propheten Yûsuf (a), der seine Zellennachbarn im Gefängnis auch erst zum Essen einlud, bevor er ihnen ihre Träume deutete.

„Wo ist denn euer Freund, der mit dem Anstecker?“, wundert sich Herr Hübner.

Ilıcan streicht ein paar Krümel von seinen Bartstoppeln am Kinn. Als er sich vor vier Monaten das erste Mal rasierte, war er noch ganz stolz auf seinen kleinen Flaum. Schließlich hatten die anderen noch keinen Bart. Doch jetzt nerven die Haare nicht nur wegen der Krümel. Mittlerweile muss er sie alle paar Tage kürzen. Er seufzt: „Wir haben keine Ahnung. Er ist nicht zum Treffpunkt gekommen.“

„Schade, ich hätte gerne gesehen, was er gefunden hat. Wie dem auch sei, ihr hattet noch ein paar Fragen.“

Karim schlägt sein Notizbuch auf: „Das ist richtig. Sie haben uns gestern über die Gründung des Ordens berichtet. Aber welche Bedeutung hat der Drache selbst?“

„Gute Frage! In der klassischen christlichen Zeichenlehre stehen Drache und Schlange für die Macht des Bösen. Das eigentliche Zeichen besteht nicht nur aus dem Drachen. Dazu gehören noch ein Kreuz mit Flammen und Inschriften. Das Gesamtbild symbolisiert den Kampf Christentum gegen Unglauben.“

Ilican hat das Bild des Anhängers genau vor Augen: „Dieser Schwanz um den Hals. Der ist doch anormal. Was soll das?"

Herr Hübner weiß auch das: „Man nahm an, dass sich im Drachenschwanz die Macht befindet."

Karim unterbricht den Museumsmann: „Ah, wie bei einem Skorpion?"

„Ganz genau." Herr Hübner merkt, wie die Geschichte die Jungs wieder verunsichert. Trotzdem treiben die Hintergründe des Drachenordens sie weiter, sie wollen mehr und mehr herausfinden. Das hängt nicht nur damit zusammen, dass sie unbedingt den Fall aufklären wollen, sondern auch mit dem Kitzel. Wie bei einem Gruselfilm, den sie angefangen haben, können sie jetzt nicht einfach ausschalten.

Sie möchten wissen, ob es tatsächlich eine Verbindung des Drachenordens zu dem Anschlag mit dem Schweinekopf und der Hassmail gibt. Taha stellt die Frage, die alle bewegt, aber sich bisher keiner traute zu fragen, weil sie Angst vor der Antwort haben: „Können Sie sich vorstellen, dass es den Orden heute noch gibt?" Was wäre, wenn Herr Hübner „ja" sagt? T.A.K.I.M. würden nicht einem unabhängigen Einzeltäter oder vielleicht zweien oder dreien gegenüberstehen, sondern einer organisierten Macht mit jahrhundertealtem Programm und Tradition! Es schaudert den Jungs vor der Antwort.

In diesem Augenblick hämmert es an der Tür. Malik springt fast vom Stuhl. Da steht Amin. Genau im richtigen Moment. Sein Mut, seine Power und Unerschrockenheit sind genau das, was ihnen gefehlt hat. Taha, Karim, Ilıcan und Malik stehen auf, um Amin zu drücken. Als erster kommt Taha wieder zu klaren Worten: „Du? Hier? Wie hast du das denn gemacht?"

Während Amin zuletzt auch noch Karim in die Arme schließt, schaut er über die Schulter zu Taha und antwortet: „Ich saß zu Hause und habe die ganze Zeit an euch gedacht. Da war es doch wichtiger, euch nicht im Stich zu lassen, als weiterhin die blöde Nachhilfe abzulehnen." Ilıcan klopft ihm anerkennend auf die Schulter. Darauf reicht Amin Herrn Hübner die Hand. „Du bist also der Fünfte! Hallo, mein Name ist Hübner."

Amin umschließt mit beiden Händen Herrn Hübners rechte: „Hallöchen, ich habe schon sehr, sehr viel über Sie gehört. Nur Positives. Die Jungs haben erzählt, Sie sind Bombe." O Mann, musste das jetzt sein? Nicht, dass der alte Mann das jetzt falsch versteht, denkt sich Taha. Aber Herr Hübner schmunzelt, er versteht Amin. Malik fasst kurz zusammen, worüber sie gerade gesprochen haben: „Wir hatten Herrn Hübner gefragt, ob es möglich ist, dass der Drachenorden heute noch existiert."

Nachdem sich alle wieder setzen, fährt Herr Hübner fort: „Bevor ich euch die Frage beantworte, möchte ich euch erzählen, wie es nach Sigismunds Tod weiterging. Der Orden verlor zunächst immer mehr an Bedeutung. Doch nachdem die Osmanen Istanbul eroberten, blühte der Orden in Ungarn, Kroatien, Serbien und Rumänien wieder auf. Eine berühmte Person spielte dabei eine wichtige Rolle. Habt ihr schon mal vom Prinzen der Walachei Vlad Tepes gehört?" Sie schütteln den Kopf.

„Doch, habt ihr, das ist nämlich die Gestalt, die ihr unter dem Namen ...", Herr Hübner hält kurz inne, schaut jedem einzeln in die Augen, um zu sehen, ob nicht doch jemand darauf kommt, „... Dracula kennt."

Malik winkt ab: „Das wird mir zu absurd. Ist nicht Ihr Ernst!?"

„Und ob. Sein Herrschaftsgebiet wurde auch als Reich der Drachen bezeichnet, sein Name bedeutet Sohn des Drachen und er war Mitglied des Ordens."

„Und meinen Sie nun, dass es den Orden heute noch gibt?", möchte Ilıcan endlich wissen.

„Das kann ich mir nicht vorstellen. Die letzten Hinweise auf eine Existenz des Drachenordens, die ich kenne, gehen auf das 17. Jahrhundert zurück." Taha lässt nicht locker, er ist fest davon überzeugt, dass es eine Verbindung gibt. „Aber könnte es nicht sein, dass ein paar Durchgeknallte eine Neuauflage des Ordens ins Leben gerufen haben?" Viel beruhigender ist diese Vorstellung nicht. „Amin, zeig doch mal den Anstecker, den du gefunden hast." Herr Hübner sieht auf einmal ganz ernst aus, setzt seine Brille auf, dreht und wendet den Anstecker und wiegt ihn in der Hand. Was hat sein Verhalten zu bedeuten?

Er schüttelt den Kopf: „Woher habt ihr den? Das gibt es nicht. Unmöglich!" Er redet mehr mit sich selbst. Bevor die Jungs antworten können, bittet er Amin: „Kannst du mir mal kurz helfen, Großer? Wir müssen ins Archiv." Ahnungslos wie vier Fragezeichen bleiben die anderen zurück.

Auf dem recht langen Weg in den Keller lernen sich der Museumsmitarbeiter und Amin besser kennen, da sie am Vortag keine Gelegenheit dazu hatten. Amin erzählt von seinen Eltern und auch Herr Hübner gibt ein paar Anekdoten aus seiner Kindheit preis. Im Keller angekommen trägt Amin für Herrn Hübner ein paar Kisten und Kartons von einer Ecke zur anderen, damit sie an einen schweren Eisenschrank herankommen. Währenddessen berichtet

Amin, wie er den Anhänger gefunden hat. „Zeig noch mal, wie du die Kugel gestoßen hast." Amin wundert sich zwar, warum das so wichtig ist, aber wiederholt die Bewegung. „Na, so ist es nicht richtig. Du musst den Ellenbogen höher halten!"

Damit hat Amin nicht gerechnet: „Und ausgerechnet Sie wollen das wissen, ja?"

„Ich war fast acht Jahre in der Leichtathletik. Kugelstoßen war meine Paradedisziplin."

Amin grübelt: „Ah, vielleicht haben Sie recht. Mein Sportlehrer sagt auch immer, dass ich mit der richtigen Technik noch gut zwei Meter weiter stoßen könnte. Er konnte mir aber nie erklären, welchen Fehler ich mache. Danke." Spätestens jetzt ist das Eis zwischen den beiden geschmolzen.

„Herr Hübner, was macht eigentlich ein Restaurator?", fragt der Junge.

„Wir konservieren. Das heißt, dass wir versuchen, einen Gegenstand in seiner Form zu erhalten. Er soll nicht verfallen. Gleichzeitig restaurieren wir auch, wie der Name schon sagt. Wir arbeiten also direkt am Kulturgut. Wenn etwas verloren gegangen ist, dann versuchen wir, es möglichst originalgetreu wiederherzustellen, zu rekonstruieren."

„Muss man dafür viel über Geschichte wissen?"

„Klar! Wir müssen das Kulturgut intensiv voruntersuchen. Woher kommt es? Wem hat es gehört? Welche Bestandteile hatte es? Wie wurde es verwendet? Außerdem brauchen wir auch ein paar chemische und physikalische Kenntnisse. Das ist teilweise richtige Forschungsarbeit."

Amin hat das Gefühl, dass er Herrn Hübner seit vielen Jahren kennt. So sehr er es mag, wenn Herr Hübner von seiner Arbeit erzählt, so sehr mag er es auch, wenn der ältere Mann zuhört. Aus dem Grund scheut sich Amin auch nicht, davon zu sprechen, warum er gestern fehlte und heute zu spät kam. So ein Ärger ist Herrn Hübner nicht fremd: „Vor zwei Jahren habe ich das Gleiche bei meinem Enkelsohn und meiner Tochter erlebt. Ich saß zwischen beiden Stühlen und musste vermitteln." Herr Hübner ist der erste, der es schafft, dass Amin sich mal in die Lage seiner Eltern hineinversetzt.

Jetzt, da der Zugang frei ist, öffnet Herr Hübner den Schrank, holt etwas heraus, und dann gehen die beiden zurück. Sie unterhalten sich noch, während sie das Büro betreten.

Taha, Malik, Ilıcan und Karim sind neugierig, wo die beiden waren. Die Antwort lässt nicht lange auf sich warten, denn Herr Hübner hält nun zwei Anstecker in der Hand. „Seht her, das ist das originale Metallabzeichen aus unserem Fundus, und das ist der Anstecker, den ihr gefunden habt." Sie sehen verblüffend ähnlich aus. „Wäre der von euch gefundene Anstecker nicht deutlich leichter, hätte selbst

ich Schwierigkeiten, sie zu unterscheiden. Euer Anstecker ist zweifelsfrei eine Nachbildung. Und wenn ich mir die Lackierung anschaue", Herr Hübner führt den Anstecker noch einmal ganz nah an seine Augen, „dann kann sie nicht sehr alt sein. Höchstens ein Jahr." Taha und seine Kumpels sind baff. Sollte es den Drachenorden wirklich geben? Dann könnte der Täter mit dem Schweinekopf tatsächlich den Anhänger vor der Moschee verloren haben. Karim will es nach wie vor nicht wahrhaben: „Wie ist es denn möglich, eine so genaue Nachbildung herzustellen?"

Auf einmal erinnert sich Herr Hübner: „Jungs, ihr seid nicht die Ersten, die sich in letzter Zeit für den Orden interessiert haben. Vor einem Dreivierteljahr besuchte mich schon einmal jemand. Der Besucher hat das Abzeichen genau untersucht, die Maße abgenommen und sogar Fotos von dem Stück gemacht. Ich dachte mir nichts dabei. Wozu soll sich jemand so sehr für den Anstecker interessieren? Es gibt Exponate hier im Museum, die haben einen vielfachen Wert. Er ließ sich auch andere Anstecker zeigen und machte auch von diesen Bilder. Deshalb dachte ich, der sammelt vielleicht Anstecker. Aber das war wahrscheinlich nur Ablenkung. Nun ist mir klar, warum er den ganzen Aufwand betrieb." Wieder nisten sich Zweifel in Maliks Kopf ein: Könnte es sein, dass dieser Hübner den Verdacht nur von sich auf jemand anderes lenken will?

Amin malt sich den Feind konkret aus: Ein Fanatiker, der sich am Hass gegen die Muslime ereifert und den Orden neuauflegt. Der Typ liest wahrscheinlich alles übers späte Mittelalter, beginnt so zu reden und so zu gehen wie seine Vorbilder. Jede

Tradition übernimmt er und verbringt Stunden damit, den Anstecker nachzubilden. Amin hat ihn vor Augen, wie er da in seinem kleinen Keller hockt, alles dunkel, nur die Schreibtischlampe an, in der einen Hand den Lötkolben und in der anderen das Stück Blech. Ein paar Mal geht etwas schief, er flucht und jammert, nimmt das nächste Stück Blech und freut sich einen Ast, als der Anstecker endlich fertig ist.

Ilıcan hat kein genaues Bild von dem Täter, deshalb fragt er: „Können Sie beschreiben, wie der Mann aussah?"

„Er war relativ klein. So wie du", Herr Hübner zeigt auf Taha. Der zieht eine Augenbraue hoch, denn Anspielungen auf seine Größe kann er nicht abhaben. „Relativ sportlich, hatte einen Igel-Haarschnitt, nur dass die Seiten rasiert waren. An der rechten Augenbraue hatte er ein Piercing, und in seinen Ohrläppchen steckten ziemlich große Ringe. Das ist mir aufgefallen, weil sie die Ohrläppchen so unnatürlich weit ausdehnten. Ich dachte: O, muss das wehtun."

Amin spaßt: „Schade, dabei wollte eigentlich ich ihm die Ohren langziehen."

Herr Hübner lacht sich ins Fäustchen: „Er trug Sportschuhe und eine lässige dunkelgrüne Hose mit Seitentaschen auf Kniehöhe. Und dann sein T-Shirt, ja, daran kann ich mich am besten erinnern." Herr Hübner schüttelt den Kopf. „Da stand fett drauf: ‚My English is not the yellow from the egg.'" Malik ist beeindruckt: Fantasie hat der ältere Herr, das muss man ihm lassen!

Ilıcan hat die Beschreibung zeitgleich in seine selbst programmierte Styling-App gegeben. So können sie immer darauf zurückgreifen und haben sogar eine Art Phantombild. „Hat der Typ seinen Namen gesagt?“, fragt Taha.

„Nur seinen Vornamen. Er nannte sich Hermann. Seinen Nachnamen kenne ich nicht.“

Da sie gerade beim Namen sind, fällt Ilıcan noch eine letzte Frage ein: „Herr Hübner, bevor wir wieder los müssen, sagt Ihnen der Name Stiborius etwas?“

„Mmm, lass mich mal überlegen“, Herr Hübner kaut an dem Bügel seiner Brille, dann fällt es ihm ein. „Ja, das war einer der 21 Gründungsmitglieder des Ordens.“ Also auch der Name ist kein Zufall. Amin, Malik, Taha, Karim und Ilıcan verabschieden sich, nicht ohne zu versprechen, bestimmt bald wiederzukommen.

Im Anschluss gehen sie erst einmal in ein türkisches Café. Sie haben das Bedürfnis, sich über die neuen Erkenntnisse auszutauschen. War ja auch ganz schön heftig, was sie da erfahren haben. „Mich erinnert der Drache an Selbstmord. Der Schwanz würgt den eigenen Hals. Das eigene Körperteil macht sich gegen den Willen selbstständig. Grauenvoll“, gibt Ilıcan zu.

„Der Selbstmord des Drachens könnte aus der Sicht der Drachen für den Selbstmord des deutschen Volkes stehen. Schuld daran sind die Politiker, die massenhaft Muslime ins Land gelassen haben.“ Karim weiß nur zu gut, wie Rassisten argumentieren.

Taha ärgert sich: „Wie krank! Die wissen nicht, was sie selbst ausmacht. Hauptsache den Muslimen die Schuld für alles geben.“ Jetzt rückt Malik konkreter heraus mit seiner Skepsis: „Habt ihr schon mal daran gedacht, dass Hübner selbst diese Storys erfindet?“

„Was meinst du damit?“, Taha ist nicht klar, worauf Malik hinaus will.

„Der Orden, die Drachen, Dracula – das kommt mir ein bisschen ausgedacht vor.“

Amin findet den Gedanken abwegig: „Warum sollte er sich so was ausdenken?“

„Na, um abzulenken!“, glaubt Malik.

Das trifft Amin, weil er den alten Mann gern hat: „Der ist doch absolut in Ordnung, nimmt sich voll viel Zeit, serviert Kuchen.“

Das ist für Malik naiv: „Ja, nur weil er uns so mag? Träum weiter!“

Nachdem die beiden ein paar Minuten diskutieren, fangen sie an, die Lage nüchterner zu beurteilen: Der oder die Täter berufen sich auf einen spätmittelalterlichen Orden, der Europa von Muslimen befreien wollte. Das Motiv ist der Hass auf Muslime. Damit kennen er oder sie sich auch bestens mit dieser speziellen historischen Epoche aus. Zwei Namen sind bereits bekannt: Drachen-Gründungsmitglied Stiborius ist der eine. Aber ist Stiborius, der Verfasser der Drohmail, überhaupt der gleiche wie derjenige, der den Schweinekopf in die Moschee warf? Und welche Rolle spielt dieser Hermann? Ist das der richtige Name von Stiborius oder ein zweiter Drache? Immerhin haben sie eine Beschreibung von ihm. Vorausgesetzt, sie können Herrn Hübner glauben und er steckt nicht selbst hinter dem Anschlag und der E-Mail. Die E-Mail deutet darauf hin, dass der Schrecken noch längst nicht zu Ende ist. Die Frage ist: Was kommt als Nächstes?

RAUCH ÜBER DER KAWSAR-MOSCHEE

Während die Detektive im Museum waren, bahnte sich der nächste Schrecken schon an. Es war anscheinend alles von langer Hand geplant. Sonst wäre so etwas wie letzte Nacht kaum möglich gewesen. T.A.K.I.M. wird am Morgen zur Kawsar-Moschee gerufen.

Die Moschee liegt mitten im Industriegebiet neben uralten Fabrikhallen mit zerbrochenen Fensterscheiben, die schon ewig leer stehen, gegenüber von Kfz-Werkstätten und an längst stillgelegten Schienen, zwischen denen kniehohes Unkraut gewachsen ist. Karim kann es nicht glauben: „Wer kommt denn bei der Umgebung auf die Idee, die Moschee nach dem Fluss Kawsar im Paradies zu nennen?“ Nach 18.00 Uhr und am Wochenende verläuft sich niemand hierher.

Tante Hadidscha hatte die Jungs darüber informiert, dass in der letzten Nacht etwas vorgefallen ist. Was, das wisse sie selbst noch nicht genau. Daraufhin macht sich T.A.K.I.M. sofort auf den Weg.

Als die Jungs am Tatort eintreffen, kehren ein paar Brüder gerade Aschereste zu einem großen Haufen zusammen. Einige Seiten und ein paar Buchdeckel sind noch erhalten und nur an ein, zwei

Ecken verkohlt. Die Brüder schütten etwas Brennspiritus drüber. Als erster erkennt Karim, was passiert ist: „Da wurden wohl in der Nacht Koranexemplare angezündet." Amin ist schon drauf und dran, zu den Brüdern zu gehen und ihnen den Spiritus aus der Hand zu reißen: „Und wieso verbrennen sie jetzt den Rest, anstatt ihn zu retten?"

Karim hält ihn zurück: „Was sollen sie sonst machen? Wenn man den Koran entsorgen will, dann muss man ihn verbrennen oder vergraben."

Amin schüttelt den Kopf: „Warum sollten Muslime den Koran entsorgen? Wirklich ohne Sinn!"

Allerdings erlebte Taha, dass es wirklich mal nicht anders ging: „Bei uns gab es im letzten Jahr einen Rohrbruch im Keller. Die Bücher, die in einem Karton lagerten, bekamen wellige, vergilbte Seiten und rochen unangenehm. Da hat auch mein Vater die drei Koranexemplare aus dem Karton verbrannt."

Um sich darüber zu informieren, was sich genau ereignet hat, treten sie zu den Brüdern aus der Moschee. Die erzählen, dass sie selbst erst vor anderthalb Stunden ankamen und sofort ihren Vorsitzenden anriefen. Da er gerade auf Dienstreise ist, bat der Vorsitzende die beiden Gemeindemitglieder, Tante Hadidscha vom Dachverband zu kontaktieren. „Als wir ankamen, glühte es noch an einigen Stellen." Ilıcan und Taha untersuchen die letzten Reste, die anderen gehen einmal um das Gebäude. Es gibt keine Einbruchsspuren. Wenige Augenblicke später trifft Tante Hadidscha am Tatort ein. Sie wendet sich an die Brüder aus der Moschee: „Haben Sie die Polizei angerufen?"

„Nein, wegen ein paar Büchern? Es wurde ja nicht eingebrochen", meint einer der beiden Gemeinde-

mitglieder. Tante Hadidscha kontaktiert trotzdem die Polizei. Zumindest soll der Vorfall in die Statistiken aufgenommen werden. Taha rekapituliert für sich und seine Freunde den Tathergang: „Da müssen ein oder mehrere Täter nachts hierhergefahren sein und die Korane, die sie selbst hergeschafft haben, in Brand gesetzt haben. Wer sich solche Mühe macht und nicht mal einbricht, dem geht es nur um die Botschaft."

Karim: „Du hast recht. Das erinnert mich an diesen durchgeknallten amerikanischen Pfarrer Terry Jones, der vor ein paar Jahren öffentlich Koranexemplare verbrennen wollte."

Ilıcan: „Wollte? Hat er es getan?"

Karim schüttelt den Kopf: „Zum Glück nicht. Es blieb bei der Provokation. Und wer ist darauf hereingefallen? Die Terroristen von Al-Kaida, die ihn auf ihre Todesliste setzten. Ich sag euch, die einen Extremen könnten nicht ohne die anderen."

Nachdem die Jungs sehen, dass sie hier keine neuen Erkenntnisse gewinnen können, verlassen sie den Tatort. Sie spekulieren: Wenn es darum ging, eine Botschaft zu versenden, dann werden der oder die Täter es bestimmt nicht bei einem Brand vor einer kaum besuchten, kleinen Moschee belassen. Mal sehen, ob sie im Internet mehr finden. Im Netz bleibt man anonym und kann megaschnell Massen erreichen. Am Abend wollen sie das überprüfen.

Auf dem Weg zurück in die Innenstadt versucht Karim ganz vorsichtig, das Thema Schule anzusprechen. Er hat gehört, dass Amin wieder eine Fünf in Mathe nach Hause gebracht hat: „Amin, hast du schon mit der Nachhilfe angefangen?"

„Nein, ich versuche, mich zu drücken."

Taha weiß, dass das keine gute Idee ist. Er versucht, Amin eine Alternative vorzuschlagen: „Was denkst du, wenn wir einmal die Woche gemeinsam lernen?"

„Superidee", meint Ilıcan. „Ich bin dabei. Ich könnte vielleicht in Physik helfen."

Doch Amin ist genervt: „Nein, danke. Keine Lust. Ihr könnt euch ja gerne treffen, wenn ihr so viel Lust auf Lernen habt. Mir ist der Fall wichtiger." Und er sagt es so entschlossen, dass es sich nicht lohnt zu widersprechen.

In der Innenstadt trennen sie sich ihre Wege. Ilıcan und Amin gehen heim, Taha hat ein Fußballspiel und Karim möchte noch etwas mit seinem Vater unternehmen. Malik geht in die Redaktion, um den Mitarbeitern von dem Vorfall berichten. Es ist wichtig, dass die Öffentlichkeit davon erfährt. Sicherheitshalber hat er auch ein paar Fotos gemacht.

Inge Behring hat heute frei. Den anwesenden Mitarbeitern der Berlin-Seiten schlägt er vor, über den Vorfall zu berichten: „Ich habe das Gefühl, dass solche antimuslimischen Aktionen in letzter Zeit zunehmen. So wie ich höre, fühlen sich Muslime in der Stadt immer unsicherer. Und hat das Verbrennen von Büchern nicht einen üblen Beigeschmack?" Malik hat erwartet, dass seine Kollegen sagen würden: „Richtig, gut, dass du da warst!" Neben den Fotos wollte er auch ein paar O-Töne von Tante Hadidscha und den Leuten aus der Moschee liefern. So ein Bericht müsste doch der erste und größte im Berliner Lokalteil sein!

Doch weit gefehlt. Keinen Journalisten reizt das Thema. Von den vier Anwesenden haben drei gar nicht richtig zugehört und nur ab und zu vom Bildschirm aufgeschaut. Der vierte zieht es vor, sich mit anderen Themen zu befassen: „Weißt du was, versuche doch selbst, einen Artikel darüber zu schreiben. So lernst du am schnellsten."

Malik wagte nicht einmal, darauf zu hoffen. Umso glücklicher ist er: „Ja, gerne. Wie lang soll der denn sein?"

„Ach, das ist nicht so wichtig. Kürzen können wir immer noch."

Von Inge Behring hat er gelernt, wie er einen Artikel anfängt: Er sollte am besten im ersten Absatz die Fragen nach dem Wer, Wo, Wann, Wie und Warum beantworten. Malik versucht, sich daran zu halten. Einfach ist das nicht. Aber die Aussicht auf seinen ersten selbstgeschriebenen Artikel spornt ihn an. Um den Artikel aufzulockern, baut er die Zitate von Tante Hadidscha ein. Keine Klassenarbeit hat er sich am Ende so oft durchgelesen wie diesen Artikel.

Wahrscheinlich hat er alle Klassenarbeiten zusammen nicht so oft durchgelesen wie diesen Artikel. Dann sendet er gegen 16:30 Uhr die anderthalb Seiten zum leitenden Redakteur.

Nach einer halben Stunde hat er immer noch kein Feedback erhalten. Kurz nach 17:00 Uhr will er los, klopft aber vorher unsicher beim leitenden Redakteur an: „Ich muss dann los. Haben Sie meinen Artikel bekommen?"

„Ja, ja, vielen Dank", heißt es nur kurz.

Um 20:00 Uhr ist T.A.K.I.M. wieder versammelt. Jetzt müsste der Artikel eigentlich online sein. Malik ist ganz schön nervös. Sein erster Artikel! Wo steht wohl „Ein Bericht von Malik Demirel"? Direkt über dem Text oder darunter? Aufgeregt geht er auf die Seite www.berliner-journal.de. Er liest sich die Überschrift jedes einzelnen Artikels durch, nichts passt. Er gibt „Kawsar Moschee Koranverbrennung" ein, nur alte Artikel. Er findet nichts. Dementsprechend groß ist seine Enttäuschung. Amin tröstet ihn: „Kopf hoch, Malik, du kriegst bestimmt noch 'ne Chance. Lenk dich ab!"

Ilıcan durchforstet verschiedene Videoportale, islamfeindliche Foren und Darksites nach Anhaltspunkten zu der Koranverbrennung. Die meisten Seiten sind durch Passwörter geschützt. Ilıcan weiß allerdings, wie er die knackt. Er gibt verschiedene Kombinationen von Buchstaben, Zahlen und Sonderzeichen ein. So schnell wie er tippt kein Protokollant – weder am Gericht noch im Parlament, wo die Profis schreiben. Im Gegensatz zu denen benutzt Ilıcan kein Zehnfingersystem. Seine Art zu tippen stützt sich auf zwölf Stellen an der Hand. Neben den Fingerkuppen nutzt er noch die hervorstehenden

Knochen am Handgelenk, die so aussehen wie die Fußknöchel. Wenn er die einsetzt, dreht er blitzschnell die Hand nach außen und trifft die Taste. Auf diese Weise ist er noch schneller.

Und tatsächlich findet er etwas. Auf einer Seite wurde ein Video hochgeladen. 128 Likes hat es schon. Ilıcan versucht, mehr über die Person, die das Video hochlud, herauszubekommen. Leider kommt er nicht weiter, weil er sich im Darknet befindet. Im Hintergrund des Videos sieht man ganz klar das Eingangsschild des Gotteshauses mit der Aufschrift „Kawsar-Moschee". Das Video zeigt, wie zwei Maskierte, dem Körperbau nach zu urteilen Männer, einen Berg von bestimmt 40 Koranexemplaren in Brand setzen. Malik hat noch immer keinen Kopf für das Video frei. Sonst würde er jetzt checken, ob einer der Vermummten Hübner ist. Während Ilıcan ganz betroffen ist, Taha und Karim über die Täter schimpfen, muss Amin schon wieder an Drachen denken. Kein Wunder, denn das Feuer sprüht aus den Gaslötkolben wie aus dem Maul eines feuerspeienden Drachen.

„Euer Paradies soll brennen!" So lautet die Überschrift, die die Täter in das Video platzierten: Was sie dann, ungefähr bei Minute 2:34, sehen, verschlägt ihnen die Sprache. Es tauchen in dem zusammengeschnittenen Video Personen auf, mit denen sie nie im Leben gerechnet haben. Ist es Zufall? Oder haben die Drachen diese Personen bewusst aufs Feld gezwungen? So nach dem Motto: Ob ihr wollt oder nicht, ihr seid jetzt dabei! Ilıcan klappt den Laptop zu, alle schauen sich entsetzt an.

DAS TAGEBUCH DES GRAUENS

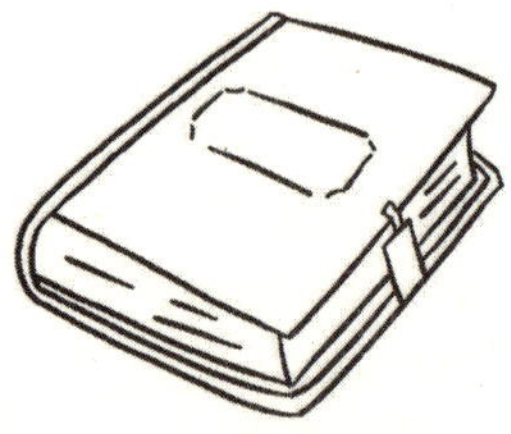

Es hat eine Weile gedauert, bis Amin zum ersten Mal zur Nachhilfe gegangen ist. Er konnte sich nicht davor drücken, denn die Nachhilfe war Bedingung dafür, dass er mit ins Museum durfte. Nun nimmt Amin montags und donnerstags Mathe- und Physikstunden bei einem Freund seines Vaters. Zugegeben, wirklich geändert hat er seine Einstellung zur Schule nicht.

Mit jeder Stunde sinkt seine Motivation. Nur weil Daniel Bauingenieurwesen studiert hat, höhere Mathematik liebt und bei sich zu Hause ein Labor für chemische Versuche hat, heißt das noch nicht, dass er anderen etwas beibringen kann. Der ist so verbohrt, bildet sich ein, er könne Amin begeistern. Weit, sehr weit gefehlt!

Gerade spricht er wieder aufgeregt davon, wie spannend er ungelöste Fälle der Physik findet: „Zum Beispiel die Dunkle Materie im Weltall. Würdest du nicht auch unheimlich gerne wissen, ob es sich um Teilchen oder Superpartner handelt?“ Amin denkt sich: Ist das hier eine neue Version von DSDS? Daniel sucht den Superpartner. Junge, was für Superpartner? Was redest du? Materie kann nur für jemanden Superpartner sein, der selbst keine Freunde hat!

Am Abend geht Amin zu seinem Vater und gibt auf: „Ich kann nicht mehr. Der Typ ist ein Freak. Er kann nicht erklären. Ich verstehe nichts. Das macht keinen Sinn." Dabei blättert er wahllos durch ein Chemiebuch.

Sein Vater ist genervt: „Amin, wir hatten eine Abmachung. Du wirfst jetzt nicht schon wieder das Handtuch."

„Ich kann nicht mehr. Die Schule ist nichts für mich", sagt Amin, als ob er wirklich nicht mehr könnte. Aber das akzeptiert sein Vater nicht oder er will es nicht wahrhaben.

„Ich kam in der 8. Klasse nach Deutschland", erinnert sich der Vater, während Amin sich denkt: O nein, jetzt kommt die alte Leier wieder. „Da musste ich gleichzeitig die Sprache und den Schulstoff lernen. Und denkst du, dass die Schule in Algerien so schön war wie hier? Unterrichtsausfall wegen Unruhen auf der Straße, Unterrichtsausfall, weil ein Sturm das Dach unserer Schule wegfegte, Lehrer, die nichts von Pädagogik verstehen, und korrupte Direktoren. Ich musste alles aufholen, was die anderen Schüler die vergangenen Schuljahre gelernt hatten und obendrauf noch den neuen Stoff. Und du jammerst rum!"

Amin sieht nicht, wofür sich sein Vater so abmühte: „Und was hast du jetzt davon?" Das ist gemein, weil sein Vater „nur" Taxi fährt.

„Dass man uns hier akzeptiert!" Leider hört Amin die Empörung in den Worten seines Vaters nicht. Sonst würde er nicht so gleichgültig reagieren: „Niemand muss mich akzeptieren. Ich komm gut zurecht."

Die Stimmung wird immer gereizter: „Doch, wir müssen akzeptiert und respektiert werden. Das geht leider nicht von allein. Die Menschen sehen, dass wir anders sind. Manche sind misstrauisch. Merkst du das nicht?“

Ist es Langeweile oder sogar ein wenig Überheblichkeit, die Amin dazu verleitet, einfach nur ein freches „Nö“ von sich zu geben? So oder so, es bringt seinen Vater auf die Palme: „Du warst selbst wochenlang zerknirscht wegen des Schweinekopfanschlags. Egal, wer es war, der Mann hat doch Angst vor uns. Genau deshalb müssen wir unseren Mitmenschen doppelt und dreifach zeigen: Wir sind freundlich, wir wollen dieses, unser gemeinsames Land zusammen voranbringen und nein, wir haben keine verborgenen Umsturzpläne.“

„Das geht nur mit Abitur und Studium, ja?“

Amins Vater winkt ab. Er sieht keine Chance, seinen Sohn zu überzeugen. Er weiß nicht mehr, wie er anders Druck auf seinen Sohn ausüben kann: „So lange, wie du in Mathe, Physik und Chemie auf Sechs stehst, kassiere ich dein Handy ein. Du kriegst es erst wieder, wenn du in diesen Fächern Dreien bekommst!“

„Gleich eine Drei? Papa, das ist ungerecht!“ Kann man von Amputation sprechen, wenn ein Vater seinem Kind das Handy wegnimmt? Für Amin fühlt es sich so an.

„Tut mir leid. Das Thema ist beendet. Anders geht es nicht.“ Der Vater greift zu Amins Handy.

„Lass mich bitte nur noch eine Nachricht versenden.“ Genervt lässt es der Vater zu. Es reichen zwei Buchstaben, die Amin in die WhatsApp-Gruppe sendet: TS (Team-Schura), und innerhalb von fünf

Minuten melden die anderen sich zurück. Anscheinend brennt es nicht nur Amin unter den Nägeln, denn Karim antwortet direkt: „Jaaaa! Und zwar am besten sofort! Auch ich habe extrem wichtige Dinge zu besprechen.“ Seine Mutter hat ihm gerade eine E-Mail gezeigt. Das, was sie alle befürchteten, als sie den zweiten Teil des Videos sahen, trifft wirklich zu. Es gibt neue Akteure in der Arena!

Dieses Mal treffen sie sich unter freiem Himmel im Park. Noch lassen es die Temperaturen zu: 18 Grad und in der Sonne fühlt es sich noch wärmer an. Sie sitzen auf der Wiese. Ilıcan nagt auf seinem Miswak, Malik spielt mit der Gebetskette und Amin vermisst sein Handy. Er lässt zwei Eicheln in der Hand kreisen. Nach dem Anfangsritual darf Karim beginnen. Er holt einen Zettel raus: „Beim Dachverband ist eine E-Mail eingegangen, die wohl eigentlich an uns gehen sollte.“ Die anderen sind verdutzt, ahnen aber noch nicht, wer sie versandt haben könnte und was der Inhalt ist. „Ich habe mir alles aufgeschrieben.“

Dann liest er vor: „Versendet am 20. Oktober, 22.40 Uhr. Absender: hermann.von.cilli@drachen.zu." Ein Stöhnen macht die Runde, als ob alle fühlen würden: Nicht schon wieder ein Drachen! Und hieß Hermann nicht der Typ, der auch im Museum war? Karim liest weiter: „As-Saam alaykum Knaben." Die Begrüßung kennen sie bereits. Obwohl die eigentliche Bedrohung noch folgt, fühlt sich Malik jetzt schon eingeschüchtert. Dass das Wort „Knaben" ganz altmodisch klingt, geht an ihm vorbei. „Wir haben euch gesehen. Hat euch das Feuer gefallen? Ihr wisst doch: Messer, Feuer, Gabel, Licht – sind für kleine Kinder nichts. Was denkt ihr, wer ihr seid? Fünf Freunde, TKKG? Das hier ist kein ausgedachter Jugendkrimi. Das hier ist die Realität! Sagt bloß, ihr seid auch die fünf Scherzkekse, die hinter der lächerlichen Aktion für die Ihsan-Moschee stecken? Kommt uns ja nicht mehr in die Quere bei unserem geheiligten Kampf. Besser, ihr nehmt diese letzte Ausfahrt!"

Jetzt sind sie tatsächlich selbst ins Visier des Drachenordens geraten. Es war kein Zufall, dass sie in dem Video zu sehen waren. Beide Gegner wissen nun voneinander. Und sogar von der Solidaritätsaktion haben die Wind bekommen. Vermutlich waren sie „undercover" da und haben T.A.K.I.M. beobachtet!

Das müssen sie erst einmal verdauen. Betretenes Schweigen, niedergeschlagene Blicke. Plötzlich reißt Malik blitzschnell seinen Kopf nach rechts. Hat da nicht hinter dem Busch jemand seinen Kopf geduckt, als er hinsah? „Junge, schieb mal keine Paranoia! Da ist keiner", beruhigt ihn Amin.

Karim findet als erster passende Worte: „Leute, in so einem Fall gibt es nur eins: die Schutzsuren."

Er stimmt die Verse der Suren Falak und Nâs an – Taha, Malik, Ilıcan und Amin sprechen sie mit. Das beruhigt. Aufgeben ist keine Option, das wissen sie. Dafür stecken sie jetzt viel zu tief in dem Fall. „Wie geht es jetzt weiter?“, fragt Taha.

Da Amin glaubt, dass Hübner mit der Sache nichts zu tun hat, schlägt er vor, ihn anzurufen: „Mal sehen, ob er den Namen Hermann von Cilli schon mal gehört hat.“ Die anderen stimmen zu, bis auf Malik: „Stellt euch mal vor, der hat selbst die E-Mail geschrieben und wir sprechen ihn direkt an. Der lacht sich doch innerlich schlapp über uns.“ Doch da hat Karim schon die Nummer gewählt und reicht Amin das Handy. „Hallo Amin, schön von euch zu hören. Ich wollte mich die Tage auch melden. Wie geht es dir?“, fragt Herr Hübner. „Hat sich der Streit mit deinen Eltern gelegt?“

„Leider nicht. Deshalb rufe ich auch von Ilıcans Handy an. Mein Vater hat meins kassiert. Darüber müssen wir auch noch sprechen. Herr Hübner, sagt Ihnen der Name ‚von Cilli‘ etwas?“

„Ja. Und ich glaube, ihr kommt selbst darauf, wer das war.“

„Wir vermuten, dass er wie Stiborius einer der Gründer des Drachenordens war.“ Volltreffer, Herr Hübner bestätigt es. Hermann von Cilli kämpfte in der Schlacht von Nikopolis an der Seite Sigismunds, dem Ideengeber des Ordens. Er war einer der engsten Ratgeber Sigismunds. Bevor sie das Gespräch beenden, möchte Amin noch wissen: „Wieso wollten Sie sich eigentlich bei uns melden?“

„Ach, ich habe da etwas sehr Interessantes im Archiv gefunden. Vielleicht hilft euch das weiter. Ihr könnt es abholen, wann immer ihr könnt.“ Sobald sie mit der Team-Schura fertig sind, wollen sie das tun.

Nach dem Anruf widmen sie sich dem anderen wichtigen Thema, Amins Ärger mit der Schule und den Eltern. Ob es überhaupt noch etwas bringt, darüber zu reden?

Amins Vater wollte ihn überzeugen, indem er davon sprach, dass die Gesellschaft ihn mit seinen ausländischen Wurzeln nur akzeptieren würde, wenn er in der Schule erfolgreich ist. Seine Kumpels wählten einen anderen Weg. Sie erklären Amin ständig, wie wichtig ein guter Schulabschluss dafür sei, später einen ordentlichen Job zu bekommen. Taha sagte zum Beispiel noch vor ein paar Tagen: „Amin, ich weiß seit der Grundschule, dass ich Projektmanager in einem internationalen Unternehmen werden will. Wenn ich da hinkommen möchte, muss ich das jetzt schon planen. Meine Englischnoten müssen top sein, Mathe ist wichtig und so weiter. Malik macht auch freiwillig ein Praktikum, weil er sehen will, ob ihm der Beruf des Journalisten liegt." Amin beendete das Gespräch, indem er einfach nur sagte: „Jetzt hörst du dich schon an wie meine Mutter."

All diese Erklärungen, Bitten und Appelle an Amins Vernunft haben also nichts gebracht. Die Jungs grübeln. Sie wollen ihren Kumpel nicht im Stich lassen, aber eine Lösung fällt ihnen auch nicht ein. Bis Malik eher nebenbei auf seine Gebetskette blickt. Die Perle „ar-Razzâk" blinzelt ihm entgegen. „Jungs, Amin hat recht. Vielleicht ist es wirklich nicht so wichtig, dass man Abitur macht, studiert und 'ne große Karriere hinlegt. Allah bleibt ar-Razzâk, der Versorger."

Amin ging es die letzten Tage gar nicht mehr darum, sich vor der Anstrengung zu drücken. Vielleicht liegt es an der Hassmail, die Amin nachdenklicher gestimmt hat. Vielleicht auch an dem, was Malik gerade gesagt hat. Jedenfalls ist ihm jetzt bewusst geworden, was er eigentlich will: „Jungs, ich mach 'ne Ausbildung."

Auch Taha, Ilıcan und Karim leuchtet nun ein, dass nicht jeder auf die Uni gehen und studieren muss. Wenn Amin sich anders entscheidet, bleibt er selbstverständlich ein Teil von T.A.K.I.M. und damit von der Familie. Karim: „Stimmt eigentlich. Allah verlangt nicht, dass jeder ein Nobelpreisträger wird. Aber er möchte, dass wir das, was wir machen, möglichst gut machen. Das heißt, dass du natürlich auch Tischler, Krankenpfleger oder Bäcker werden kannst und Allah dich mindestens genauso lieben wird. Wenn du das aber machst, mach es richtig!"

„Ja, genau das habe ich vor."

„Und meinst du, deine Eltern machen da mit?", fragt Malik skeptisch.

Amin hat seinen Optimismus wiedergefunden: „Ach, die finden die Idee bestimmt auch gut."

„Auch wenn sie zurzeit nicht so gut auf dich zu sprechen sind? Wie willst du das anstellen?", Malik kann die Zuversicht noch nicht teilen.

Doch Stratege Taha weiß, was Amin jetzt tun muss: „Na, indem er sich a) in den nächsten Monaten in der Schule richtig ins Zeug legt. Er hat gesagt, dass sein Vater eine Drei in den drei Fächern verlangt. Zeig es ihm und komm auf eine Zwei! Und b), indem du dich jetzt schon mal um einen Ausbildungsplatz kümmerst."

Ilıcan pflichtet Taha bei: „Stimmt. Gute Noten und dann die Ausbildung – dann können deine Eltern nicht behaupten, du wärst nur zu faul für die Schule." Das leuchtet ein. „Und wir helfen dir!", verspricht Karim.

Eine schwere Last fällt ihnen von den Schultern. Es war ja nicht nur so, dass Amin Zoff mit seinen Eltern hatte. Die negativen Erlebnisse in der Schule sorgten auch dafür, dass er in den letzten Wochen häufig schlecht drauf war. Zu allem Übel hatte er sich sogar hin und wieder mit seinen besten Freunden in der Wolle. Aber das soll jetzt Schnee von gestern sein.

Amin steht auf, breitet seine langen, kräftigen Arme aus. Mit den Händen auf den Schultern der Nebenleute bilden sie einen Kreis und tanzen wie nach einem gewonnenen Finale. Nur dass sie nicht „olé, olé, olé, olé" rufen, sondern „ar-Razzâk, ar-Razzâk, ar-Razzâk". Sie beugen sie alle nach vorne, wie wenn der Kapitän noch ein paar motivierende Worte zu seinen Mitspielern sagen will. Dann verspricht Amin mit dem Willen eines Tigers: „Abgemacht, ich werde mich jetzt reinhängen!"

„Oooooh, yes!", brüllen die anderen so laut, dass nun auch die letzten Parkbesucher zu ihnen herüberschauen. Sie lösen den Kreis auf und setzen sich wieder.

Karim: „Hast du schon eine Idee, was für eine Ausbildung du machen könntest?"

„Nein, noch nicht."

„Wie wäre es mit einer zum Bürokommunikationskaufmann?", fragt Taha. Aber dieser Vorschlag ist nicht der Käse im Kunafa, beziehungsweise das Gelbe vom Ei. Es hört sich in Amins Ohren zu sehr nach Sekretär und Tippser an, obwohl ihm Ilıcan prima helfen könnte mit seinem Zwölfstellentippsystem.

Malik hat eine andere Idee für seinen Kumpel: „Wie wär's mit Kfz-Mechatroniker? Ist Autos reparieren nicht dein Ding?" Das ist jetzt nicht unbedingt sein Traumberuf, aber es lohnt sich, weiter darüber nachzudenken. T.A.K.I.M. verständigen sich darauf, dass Amin seinen Eltern solange nichts von den neuen Plänen erzählt, bis er hundertprozentig weiß, welche Ausbildung er machen will.

Nun heißt es aber: Auf ins Museum! Als die Detektive das Büro betreten, sehen sie direkt einen Stapel Papier. Mit den Worten „Diese Kopien hier sind für euch" schiebt Herr Hübner die 50 Blätter herüber. Neugierig nimmt Amin sie zu sich und liest das Deckblatt: „Tagebuch des Stiborius, anno 1402".

Dazu erklärt Herr Hübner: „Nachdem ihr das letzte Mal gegangen seid, habe ich ein wenig unten im Archiv gestöbert. Ich dachte mir: Irgendetwas haben wir doch von diesem Stiborius. So fand ich sein Tagebuch. Ich habe es vorsichtshalber kopiert. Vielleicht ist es ja interessant für euch." Und wie! Aber wie gehen sie die Analyse an? Taha richtet sich an Amin: „Am besten gibst du Karim die Tagebuchkopien." Dann wendet er sich Karim zu: „Ich glaube, es ist das Schnellste und Schlaueste, wenn du das durcharbeitest. Inschallah findest du darin Anhaltspunkte, die uns weiterbringen."

„Klar, kann ich machen." Allerdings gibt Amin die Kopien nicht her. „Ich würde dich gerne dabei unterstützen." Karim und Taha sind verwundert: Gehört das zu seinen neuen Seiten? Aber gut, wenn er unbedingt will.

Herr Hübner mischt sich noch einmal ein: „Ich muss dazu sagen, dass es nicht ganz einfach zu verstehen ist. Alte Schrift und alte Sprache. Wenn ihr Probleme habt, könnt ihr gerne anrufen." Darauf bedanken sich die Jungs und gehen.

Während die vier anderen neue Hoffnung schöpfen, zweifelt Malik weiter. Ich sollte ihn weiter im Auge behalten, nimmt er sich vor.

Noch am selben Abend machen sich Karikon und Amin an die Arbeit. Das ist nicht leicht, aber Karim mag es, alte Schriften zu entschlüsseln. Manchmal nimmt er sich urdusprachige Texte aus dem 18. Jahrhundert vor, obwohl er höchstens ein Drittel der Worte versteht. Aber für ihn ist es wie ein Rätsel, wenn er sich, ausgerüstet mit einem Wörterbuch, Stück für Stück den Inhalt erschließt. So ist es mit dem Tagebuch auch.

Sie müssen sich zunächst mit der altdeutschen Schrift Schwabacher vertraut machen. Das dauert. Neben all den Verschnörkelungen kommen ihnen manche Buchstaben erst einmal so unerklärlich wie Hieroglyphen vor, bis Amin entdeckt: „Schau mal, das, was so aussieht wie ein U, müsste doch ein A sein, sonst ergibt das Wort keinen Sinn."

„Stimmt", freut sich Karim. Auch Amin macht es immer mehr Spaß. Sie kommen darauf, dass der Buchstabe, der einer schräg stehenden Fünf ähnelt, ein H sein muss. „Und guck mal den da", Amin zeigt auf einen weiteren Buchstaben, „wie die zwei quer ineinanderliegenden Tropfen von Yin und Yang."

„Ja, das muss dann wohl ein S sein", leuchtet es Karim ein.

Irgendwann müssen sie die Buchstaben nicht mehr einzeln entziffern und erkennen die Wörter

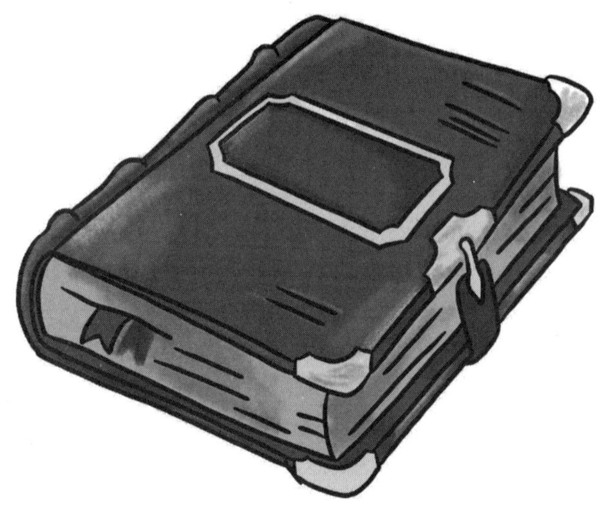

ziemlich schnell. Doch die Schreibweisen der Buchstaben sind nicht die einzigen Hürden. Das Tagebuch enthält lateinische Wörter und uralte deutsche Begriffe, die keiner mehr benutzt. Amin: „Die Sätze sind auch übelst schwer.“ Damit meint er die vielen Hauptsätze, die von einem oder mehreren anderen Nebensätzen unterbrochen werden. Da verliert jeder Leser schnell den Faden. Es hilft nichts: Durch dieses Gestrüpp müssen sie durch. Zum Glück hat Karim seit einem Jahr Latein. Auch das Wörterbuch hilft ihnen, und zweimal rufen sie wirklich bei Herrn Hübner an.

Dann ist der erste Durchlauf geschafft. Sie haben die unbekannten Begriffe durch einfache Wörter ersetzt. An ein paar Stellen haben sie am rechten Rand den kompletten Satz in ihrer Umgangssprache aufgeschrieben. Nun heißt es, das Tagebuch ein zweites Mal durchzulesen, aber dieses Mal konzentrieren sie sich auf den Inhalt. Darum geht es ihnen ja eigentlich. Wer weiß, vielleicht enthält es versteckte Hinweise.

Karim trägt laut vor, Amin hört zu und liest mit. Wie nicht anders erwartet, spielt der Drachenorden in Stiborius' Leben die zentrale Rolle, er ist sein Lebenssinn. Hier hat Stiborius echte Freundschaften gefunden. Karim glaubt, dass er ein bisschen zu dick aufträgt, wenn er behauptet, für die anderen Mitglieder sein Leben zu geben. Das kann er ihm nicht abnehmen.

Dann kommen Karim und Amin zur Seite 13. „O mein Gott, da steht tatsächlich, dass Mitglieder des Ordens in Mazedonien einen Anschlag verübten. In einer Moschee! Mit Schweinekopf! Das war im Jahr 1406, 30 Jahre nachdem das Gebiet an die Osmanen fiel", fasst Karim entsetzt zusammen.

Amin kann sich gut vorstellen, woher der Stiborius seinen Hass hat: „Es könnte doch sein, dass sein Vater erlebt hat, wie die Muslime Mazedonien eroberten. Vielleicht hat er Stiborius von Anfang an so erzogen."

Karim denkt sich: Mal sehen, was jetzt noch kommt. Wir sind ja erst auf Seite 13. Amin aber kehrt in Gedanken zurück zu einem Abschnitt weiter oben. Nach ein paar Minuten meint er: „Karim, wir haben doch vorher was von einem Brief Sigismunds an den Sultan gelesen. Kann natürlich Zufall sein, aber der Brief, erinnert er dich nicht an die Hassmail?"

Karim blättert zurück, schaut sich die Passage noch einmal an: „Stimmt, könnte sein. Hier ist allerdings der Brief nicht abgedruckt. Lass mal im Internet nach dem Original schauen." Und tatsächlich – sie finden den Brief in der PDF-Datei einer wissenschaftlichen Zeitschrift für Histroiker. Er ist wie die E-Mail eine Drohung, Sigismund kündigt an, die „Muselmanen" zu vernichten, wenn sie nicht freiwillig Europa verlassen.

„Und die Anrede ‚As-Saam alaykum' – wie in der E-Mail! Mich wundert gar nichts mehr“, gibt Karim zu. Er schiebt den Papierstapel von sich und braucht eine Pause. Amin lässt sich nicht einschüchtern. Im Gegenteil, für ihn wird es immer spannender, weil er merkt, dass in dem Tagebuch auch Lösungen stecken könnten. Nicht einmal ein Champions-League-Finale könnte ihm davon abhalten, weiterzulesen. Er zieht den Stapel wieder zu sich: „Wir werden bestimmt als Nächstes etwas von Koranverbrennungen lesen.“

Und leider liegt er mit seiner Vorahnung fast richtig. Zwar unternimmt der historische Drachenorden keine eigene Bücherverbrennung, aber auf Seite 25 wird mit dem Gedanken gespielt: „Ach, wie schön wäre es, wenn wir Bücher der Muselmanen allesamt vernichten könnten so wie damals die Mongolen nach ihrem Einfall in Bagdad. Am besten, wir nähmen ihre Korane.“

Karim hat sich das nur angehört. Er ist auf seinem Stuhl so tief runtergerutscht, dass seine Finger den Boden berühren. Betrübt erklärt er: „Bagdad war zwischen dem neunten und zwölften Jahrhundert das Zentrum der Wissenschaft und Kultur. Besonders unter dem Kalifen Hârûn ar-Raschîd. Als die Mongolen im 13. Jahrhundert Bagdad eroberten, warfen sie Tausende Bücher in den Euphrat und Tigris, so dass sich die beiden Flüsse schwarz färbten.“

Amin schlussfolgert: „Dann haben unsere Täter von heute wahrgemacht, was der alte Orden nur vorhatte.“ Die drei Ereignisse in dem Tagebuch hat Amin sich für alle Fälle notiert.

Nun rafft sich Karim wieder auf, muss aber tief durchatmen: „Uff, mal sehen, was als Nächstes kommt. Wenn wir das herauskriegen, kann es uns vielleicht gelingen, den nächsten Anschlag zu vereiteln!" Sie blättern weiter, lesen und sind bestürzt über die Gedanken Stiborius'. Sie halten inne und fangen manche Absätze noch einmal von vorne an, weil sie so absurd sind. Karim denkt sich: Wenn unsere Körperteile am Jüngsten Tag bezeugen, wofür wir sie nutzten, dann schäme ich mich gegenüber meinen Augen, dass ich sie solche Lügen über den geliebten Propheten lesen ließ. Mit jeder Seite wächst die Befürchtung, dass das nächste Ereignis noch heftiger wird.

Dann kommt Seite 44. Es geschah im Jahr 1412 in der bulgarischen Stadt Sofia. Karim weiß, dass bereits die alten Römer in der heißen Thermalquelle badeten. Seit die Osmanen das öffentliche Bad modernisierten, diente es als Hamam, und zwar mit festen Badetagen für Frauen und festen Badetagen für Männer. Das ist eigentlich nicht verkehrt, aber in diesem Fall machte es den Drachen ihr grausames Spiel leichter. Sie nutzten es feige aus. Zunächst überfielen sie die Wachen an einem Frauenbadetag.

Halas! Genug! Amin und Karim fühlen sich so ohnmächtig.

Ihnen wird klar, dass sie auf jeden Fall die anderen Team-Mitglieder mit einbeziehen müssen. Jetzt heißt es, so schnell wie möglich handeln, damit sie Schlimmeres verhindern. Den Rest des Tagesbuchs können sie später lesen. Sie organisieren kurzfristig eine Telefonkonferenz und berichten von den ersten beiden Parallelen. Taha, Malik und Ilıcan bleibt die Spucke weg. „Aber es kommt noch widerlicher", kündigt Amin an. Dann berichtet er von Sofia: „...Wenn es nur dabei geblieben wäre, den Frauen ihre Kleidung zu zerschneiden."

„Schande auf diese Drachen! Ich möchte gar nicht wissen, wie sich die Frauen gefühlt haben", Taha ist entsetzt. Kann man mit Glaubensgeschwistern fühlen, die vor vielen Jahrhunderten lebten? Trifft es zu, dass die Umma wie ein Körper ist? Wenn ein Teil fiebert, leiden die anderen Teile mit. So sagte es der Prophet Muhammad (s). Bei Taha ist es definitiv gerade so.

Karim geht es nicht besser: „Wenn die heutigen Drachen tatsächlich die historischen nachahmen, wenn sie genau deshalb im Museum waren und weder die Auswahl noch die Reihenfolge der letzten Taten ein Zufall ist, dann", Karim stockt der Atem.

„Was dann?", fragt Ilıcan in ängstlicher Ungeduld.

„Dann befürchte ich, dass unsere Schwestern in höchster Gefahr sind."

Taha: „Wie viele Hamams gibt es denn in Berlin?"

Ilıcan findet übers Smartphone direkt die Antwort: „Es sind zwei. Aber ich glaube, dass es nicht unbedingt in einem Hamam passieren muss. Wir würden einen Fehler machen, wenn wir uns allein darauf konzentrieren würden." Die anderen stimmen Ilıcan zu. Lieber zu viel warnen als zu wenig. Aber es macht die Sache auch schwierig. Vor was genau sollen sie warnen und wie?

Sie informieren Tante Hadidscha über ihre Befürchtung. Die lässt alles stehen und liegen, um sofort über den Facebook-Account des Islamischen Dachverbands eine Nachricht zu streuen: „Salâmu alaykum, liebe Schwestern, bitte seid in nächster

Zeit besonders vorsichtig. Vor allem, wenn ihr allein seid und in Dunkelheit. Wir haben Hinweise darauf, dass es einen Überfall auf eine oder mehrere Schwestern geben könnte. Insbesondere Besuche in öffentlichen Bädern sollten gemieden werden." Dann sendet sie denselben Text per E-Mail über den Verteiler des Dachverbands und setzt ihn in den Newsletter. Besser wäre es, sie würden den genauen Tag und Ort kennen. Aber so sieht die kontaktierte Polizei keinen Grund, etwas zu unternehmen, und T.A.K.I.M. bleibt nichts Anderes übrig, als zu beten, dass nichts passiert.

HALLOWEEN

Die dritte Praktikumswoche hat für Malik begonnen. Mittlerweile trauen ihm die Redakteure mehr zu. Er ist für den Veranstaltungskalender zuständig, sucht aus den vielen E-Mail-Eingängen mit Terminen von Instituten, Vereinen und Kultureinrichtungen die wichtigsten heraus. Sie erscheinen unter der Rubrik „Tipps für heute", die eine ganze Zeitungsseite ausmachen.

Er überlegt kurz, die Redakteure zu fragen, ob er nicht eine kurze Meldung über die Bedrohung muslimischer Frauen schreiben dürfte. Dann aber kann er sich doch nicht überwinden, weil sie ihn beim Thema Koranverbrennung so enttäuscht hatten. Und Inge Behring ist wieder außer Haus.

Stattdessen verbringt er heute viel Zeit mit Kwame, dem Grafiker. Er versteht sich auf Anhieb mit dem 32-Jährigen, der nur zu gut nachvollziehen kann, wie sehr sich Malik über manchen hängengebliebenen Mitarbeiter ärgert. Vor Kurzem hat Malik dem Grafiker auch von T.A.K.I.M. und ihrem aktuellen Fall erzählt. Kwame war beeindruckt.

Heute beschreibt Kwame Malik, wie er eine Seite gestaltet. Malik findet es spannend, was man alles bei Fotos beachten muss: Zu viele Personen auf einem kleinen Foto sehen einfach nicht gut aus.

Kwame zeigt ihm ein Beispiel. „Nein, das geht wirklich nicht, da sieht man ja nur 20 kleine Punkte und erkennt kein einziges Gesicht." Außerdem hat Kwame viele Tricks, um Fotos zu bearbeiten. Dazu gehört, dass er Fotos mit geringer Auflösung, auf denen alles ziemlich verschwommen aussieht, wieder schärfen kann. Da fällt Malik ein: „Du, Kwame, es gibt da ein Foto von dem Schweinekopf in der Ihsan-Moschee. Könntest du eventuell das Bild bei Gelegenheit genauer unter die Lupe nehmen? Es ist leider sehr verpixelt."

„Klar, mache ich gerne, wenn ich euch dabei helfen kann. Allerdings kann ich nicht versprechen, dass ich es bald schaffe. Ich hab gerade echt viel um die Ohren."

In derselben Stunde, in der Malik die Redaktion verlässt, muss Tahas Cousine Fatima die letzte Stunde ihrer Schicht überstehen. Seit drei Jahren arbeitet Fatima neben dem Studium der Elektrotechnik im Callcenter. Ihr Name geht meist unter, wenn sie mit den Kunden telefoniert, denn Fatima nimmt ihre Gesprächspartner am anderen Ende der Leitung schnell ein. Sie ist schlagfertig, humorvoll und übernimmt gelegentlich den Dialekt der Anrufer, egal ob sächsisch, bayrisch oder plattdeutsch. Das ist eine gute Methode, um das Gespräch aufzulockern. Noch wichtiger ist aber: Sie kennt jedes technische Detail von WLAN-Routern und kann sehr verständlich erklären, wie sie funktionieren. Die Kunden rufen an, wenn sie Probleme bei der Installation haben oder wenn ein Gerät Macken hat. Regelmäßig fährt Fatima von allen Mitarbeitern die besten Ergebnisse ein. Top-Kundenzufriedenheit.

Einmal wollte sich ein Kunde persönlich bei ihr bedanken und brachte eine Schachtel Pralinen vorbei. Was war er da überrascht, als er sah, dass die eloquente und vor allem kompetente Mitarbeiterin ein Kopftuch trägt. Das Zweite, was ihm auffiel, war ihr rechter Arm. Der ist nicht wirklich ausgewachsen. Ihre Hand ist so groß wie die einer Vierjährigen. Dysmelie wird die Krankheit genannt. Früher war Fatima verletzt, wenn andere sie anstarrten. Heute ist ihr das egal. Dafür schmerzt seit drei Jahren ihr Rücken immer mehr. Sie trägt mit dem gesunden Arm viel zu schwer, und das macht sich bemerkbar. Nur ihre Eltern und Geschwister können ahnen, was sie nachts durchmacht, wenn sie sich schlaflos von einer Seite auf die andere wälzt.

In ihrer Freizeit besucht Fatima die Muslimische Studentinnengruppe, die sich einmal pro Woche in der Salihin-Moschee trifft. Eine ihrer Freundinnen kam gestern nach einem zwölfmonatigen Auslandsaufenthalt in den USA zurück. Für heute Abend hat Fatima ihre Freundinnen spontan in der Moschee zusammengetrommelt. Es gibt eine Menge zu erzählen, zu quatschen und zu lachen. Es ist der 31. Oktober. Doch noch ist Fatima bei der Arbeit.

Eigentlich läuft die Schicht wie immer. Fatima gibt fachkundigen Rat und bringt die Anrufer hin und wieder zum Lachen. Nur ein Anruf ist anders. Nachdem sie ihren Namen genannt hat, hört sie erst einmal zehn Sekunden nichts. Dann scheint der Kunde es sich anders überlegt zu haben und spricht doch mit ihr. Seltsam sein Dialekt. Den kennt sie nicht. Er klingt so altmodisch. Leider ist er ungeduldig und schluderig, befolgt ihre gut gemeinten Anweisungen nicht. Als ob er sich nicht helfen lassen will! In der Hoffnung, die Atmosphäre zu entspannen, imitiert sie seine Redensart. Ohne Erfolg. Er ist einer der wenigen Anrufer, bei denen sie nichts erreicht. Am Ende legt er einfach auf, ohne sich zu verabschieden. Nein, so jemanden möchte Fatima nicht gern von Angesicht zu Angesicht begegnen.

Egal. So etwas passiert. Von dem Gespräch lässt sich Fatima nicht die Vorfreude auf den Schwesternabend nehmen. Auch nicht von der Facebook-Nachricht des Dachverbands, die sie zwar gelesen, aber nicht weiter beachtet hat. Andere Frauen haben unterschiedlich auf die Warnung reagiert. Von: „Hey, könnt ihr uns nichts Genaueres sagen? Ich traue mich kaum noch raus“. Bis: „Da soll euch mal jemand verstehen! Erst veranstaltet ihr letztes Wochenende das getrennte Männer- und Frauenschwimmen mit dem Europäischen Schwimm- und Wasserrettungsverein und nun warnt ihr davor?! Ich gehe weiter schwimmen!“

In bester Stimmung geht Fatima in die Salihin-Moschee. Nachdem sich alle herzlich begrüßt und ihre Freundin gedrückt haben, die ein Jahr weg war, wollen sie unbedingt Fatimas Angela-Merkel-Parodie erleben. Auch Jogi Löw macht sie mal wieder perfekt nach. Aber der Brüller ist dieses Mal eine Nummer, die sie noch nie zeigte: Donald Trump. Jetzt blickt sie genauso entrückt wie der amerikanische Präsident und spricht mit tiefer Stimme: „‚I think Islam hates us‘, ja, der Islam hasst uns! Du hasst uns, Du, Du und Du!“ Dabei zeigt sie nacheinander auf ihre Freundinnen. Obwohl die sich fast nicht einkriegen vor Lachen, verzieht Fatima keine Miene. Sie können schon den echten Präsidenten nicht ernstnehmen. Wie soll das bei Fatima als

Trump gehen? Um zu betonen, wie lächerlich der Spruch ist, spitzt Fatima ihn weiter zu: „Ich glaube, Aladin und Sindbad hassen uns, die Falafel, die aus diesen Ländern kommt, hasst uns. Und dieser Orientteppich, der hasst uns sowieso! Alles Muslimische hasst uns."

Eine Weile diskutieren die Studentinnen darüber, wie man mit Trump umgehen sollte. Die Freundin mit den Auslandssemestern erzählt, wie die Stimmung in den USA wirklich ist, und spricht von vielen schönen Erfahrungen mit den einfachen Amerikanern. Dann wird es Zeit zu gehen. Es war ein toller Abend. Das müssen sie unbedingt wiederholen. Und das Gespräch von der Arbeit hat sie längst vergessen.

Bevor Fatima nach Hause kann, muss sie allerdings noch etwas erledigen. Eine Studienfreundin hat sich von ihr Fachbücher über Elektrotechnik ausgeliehen. Da sie die nun selbst dringend für eine Prüfung braucht, will sie die Bücher abholen. Fatima macht deshalb noch einen kleinen Abstecher zu der Arbeit ihrer Freundin. Es ist kurz vor zehn Uhr abends.

„Wartest du noch kurz? Ich habe auch gleich Schluss. Dann können wir zusammen gehen", fragt ihre Freundin. Obwohl sie gar nicht in dieselbe Richtung müssen, wartet Fatima gerne. Sie können wenigstens gemeinsam die fünf Minuten zur Haltestelle laufen.

Gemeinsam mit ihrer Freundin legt sie schnell ein paar Handtücher zusammen und checkt die Umkleidekabinen. Dann schließt ihre Freundin ab und sie machen sich auf den Weg. Die ersten Meter fällt ihr nicht auf, wie schwer der Rucksack mit den Büchern ist. Doch spätestens an der Haltestelle ärgert sie sich über die dicken Wälzer. Ihre Schulter schmerzt und ihr Rücken verspannt sich immer mehr.

Kaum haben sie den Bahnsteig erreicht, fährt Fatimas S-Bahn ein. „Also, mach's gut Fatima, wir sehen uns im Hörsaal."

„Ach, lass nur. Ich nehme die nächste", meint Fatima. Sie zieht es vor zu bleiben, damit ihre Freundin nicht so lange alleine auf ihre Bahn warten muss. Ihre eigene Bahn kommt im Zehn-Minuten-Takt. Die Studentin ist überrascht – das hat noch nie jemand für sie gemacht. So unterhalten sie sich noch ein bisschen. Dann steigt die Freundin in ihre Bahn.

Fatima schlägt den Kragen ihrer schwarzen Motorradjacke hoch, um sich vor dem eisigen Wind zu schützen. In dieser Jahreszeit ist so ein Kopftuch auch wettertechnisch echt praktisch. Wobei es auch im Hochsommer schützt. Fatima hat heute Morgen drei Kopftücher genommen, ein kaminrotes, ein ockergelbes und das dritte in Messingbraun. Abwechselnd hat sie die wie eine Spirale um ihren Kopf gebunden und hoch gesteckt.

Vier Minuten später kommt endlich ihre Bahn. In dem Waggon ist es laut. Drei verschiedene Cliquen sind an Bord. Fatima ist sich nicht sicher: Entweder sie kommen oder gehen gerade zu Partys. Mehrere Fahrgäste sind verkleidet. Heute ist doch kein Karneval, komisch. Fatima will zu einem freien Vierersitz, sieht aber, kurz bevor sie sich setzen möchte, eine umgekippte Bierflasche auf dem Sitz. Es stinkt nach Alkohol. Was für ein Kontrast zu den Düften nach Amber, Misk und Vanille in dem Hamam, aus dem sie gerade die Bücher abholte. Fatima verzieht sich ans andere Ende des Waggons.

Von Haltestelle zu Haltestelle steigen immer mehr aus. Endlich wird ein anderer Platz frei. Sie setzt sich. Es sind jetzt nur noch eine Handvoll Fahrgäste im Waggon, auch alle Kostümierten haben vor drei Stationen die S-Bahn verlassen. Bis auf einen. Jetzt fällt es ihr ein, heute ist Halloween. Fatima steigt mit dem Verkleideten an der vorletzten Haltestelle aus. Es ist mittlerweile 23:00 Uhr.

Für sie ist es nicht ungewöhnlich, um diese Uhrzeit unterwegs zu sein. Sie kommt bestimmt zweimal im Monat um die gleiche Zeit oder auch manchmal später von der Bibliothek nach Hause. Wie immer geht sie die 400 Meter durch die Hochhaussiedlung bis zu ihrem Wohnblock. Während andere in höchstens fünf Minuten den Weg zurückgelegt haben, braucht sie heute besonders lange. Ein paar Meter trägt sie den Rucksack auf dem Rücken, ein paar Meter in der rechten und ein paar Meter in der linken Hand.

Vielleicht hätte sie auch nicht wie ein Rumpelstilzchen auf den Boden springen sollen, als sie Trump nachmachte. Ach was, für die Lacher haben sich die Schmerzen im Rücken gelohnt, auch wenn sie sich nun alle 70 Meter irgendwo anlehnen muss. Die Laternenstange ist eiskalt, lange kann sie die nicht festhalten. Sie schätzt die Strecke ab, das müsste jetzt hoffentlich ihr letzter Stopp sein. Bevor es weitergeht, beugt und streckt sie sich.

Gerade als Fatima langsam weiterziehen möchte, überholt sie der Maskierte aus der Bahn: „Ah, gehe ich recht in der Annahme: Fatima von der Telefonberatung? Wir führten heute eine Disputatio. Ihr habet mich gefoppt. Das war nicht rechtens. Eine Torheit, Fatima!“ In diesen wenigen Sekunden prasseln gleichzeitig so viele bedrohliche Fragen auf sie ein, dass ihr keine Zeit bleibt, sie für sich selbst zu beantworten. Woher kommt er so plötzlich? Woher kennt er ihren Namen? Wie konnte er ihr auflauern? Was weiß er noch über sie? Aber vor allem: Was hat er vor? Augenblicklich wird ihr klar, dass sie sich in höchster Gefahr befindet.

Der Mann greift brutal nach ihrem Kopftuch: „Nehmet euer Stofffetzen ab, damit wir sehen können, wer mich zum Narren hieltet und nicht waret in der Lage, uns zu beraten. Eigentlich sollte man Euch Gesindel in den Schandturm werfen oder an den Pranger stellen, auf dass man sie bewerfe mit allerlei faulem Obst und Gemüs!" Reflexartig reißt Fatima ihm noch seine Maske runter, mehr ist nicht drin. Dann spürt sie einen dumpfen, schmerzvollen Schlag ins Gesicht.

„Das war das Letzte, woran ich mich erinnern kann. Ich muss bewusstlos geworden sein“, berichtet Fatima den Detektiven von T.A.K.I.M. 16 Stunden ist der Überfall jetzt her. Taha hat die schreckliche Nachricht von seinem Onkel bekommen, daraufhin seine Freunde zusammengetrommelt und sie sind direkt zu Fatima nach Hause. Natürlich nicht, ohne vorher Tante und Onkel zu fragen, ob es Fatima schon Recht wäre.

Langsam kommt Fatima wieder zu Kräften. Sie liegt im Wohnzimmer unter einer Decke auf der Couch. Auf Stühlen um sie herum sitzen die fünf Freunde und ihr Vater. Da sie ahnten, dass etwas passieren würde, machen sich die Jungs schwere Vorwürfe: „Es tut uns so leid, wir hätten es verhindern müssen“, entschuldigt sich Karim, der ihr von dem Tagebuch berichtet.

Fatima winkt ab. „So ein Quatsch. Das war Zufall. Als ob ein uraltes Tagebuch einen Hinweis geben könnte.“ Die Jungs lassen Fatima in dem Glauben, sie selbst sind aber weiter davon überzeugt, dass der Überfall vorhersehbar war.

Aus dem Grund versucht Ilıcan, mehr herauszukriegen: „Was für eine Maske hatte der eigentlich auf?“

„Die von Dracula, so wie es Hunderte davon an Halloween gibt.“ Ein weiterer Beleg für die Handschrift der Drachen. Hatte Herr Hübner nicht davon berichtet, dass Dracula auf einen Herrscher namens Vlad II. im 15. Jahrhundert zurückgeht und dass dieser Vlad auch Mitglied des Drachenordens war? Die Jungs erzählen Fatima nichts davon. Karim sagt nur: „Eigentlich gehört Dracula eher zu Fasching. Halloween werden andere Kostüme getragen.“

Fatima spielt den Überfall trotzdem herunter: „Der konnte es einfach nicht verkraften, dass ich ihn in seiner altmodischen Sprache nachgeäfft habe. Das war der Grund, und das war dumm von mir. Der ist nicht ganz bei Sinnen."

„Altmodisch?" Taha ist neugierig.

„Ja, der hat so gesprochen: ‚Gestatten, Vlad II. mein Name'" Bei dem Namen läuft es den Jungs kalt den Rücken runter. Okay, mag sein, dass es in dieser Nacht noch den einen oder anderen mit Dracula-Maske gab. Aber dass er sich auch noch Vlad II. nannte! Nach der relativ harmlosen Drohmail, dem Schweinekopfanschlag und der Koranverbrennung ist das nun schon der vierte Angriff, der auf das Konto der Drachen geht!

Währenddessen screent Ilıcan wie jeden Tag das Darknet. Er stößt auf den Eintrag: „Unser neuer Skalp! Wir befreien Deutschland von der Verschleierung! Die Drachen speien wieder Feuer! Hahaha!" Aber Ilıcan behält das zunächst für sich, fragt nur nebenbei: „Hat er dir was gestohlen?" Fatima ist noch immer schwach und durcheinander. Kein Wunder, bei dem was ihr zugestoßen ist. „Nein, ich erinnere mich an nichts." Sie denkt an Wertsachen, an ihren Geldbeutel oder den Rucksack.

„Wirklich nichts?", hakt Ilıcan nach. Kurz überlegt er, Fatima das Foto auf dem Smartphone zu zeigen. Da fällt Fatima ein: „Okay, ich bin ohne meine Kopftücher aufgewacht. Aber was soll der mit denen? Die hat er bestimmt in den nächsten Mülleimer geworfen. Wie gesagt, der ist nur psychisch krank." Spätestens jetzt ist klar: Die Aktion mit dem Callcenter und der Hinweis darauf beim Überfall sollte sie nur auf eine falsche Spur bringen.

Die Jungs möchten wissen, ob sie schon Anzeige erstattet hat. Das hat sie zum Glück. Taha: „Weißt du, wie der Polizeibeamte hieß? Vielleicht können wir bei dem anrufen und unseren Verdacht äußern."

„Jenssen. Von der Polizeiwache 34." Taha schreibt sich die Nummer auf.

Und auch Malik hat noch eine Frage. Er möchte erfahren, ob der Täter Herrn Hübner ähnelt: „Außer der Maske, kannst du ihn irgendwie beschreiben?"

„Er war mindestens 1,90 Meter groß, seine braune Cordhose schlackerte um seine dünnen Beine. Obenrum trug er einen grauen Parker der Bundeswehr. Als ich die Maske wegriss, wandte er sein Gesicht schnell weg. Aber ich weiß noch, dass er Glubschaugen hatte, eine hohe Stirn und Halbglatze. Wie gesagt, dann war ich weg vom Fenster." Hm, bis auf die Halbglatze passt das weniger zu Hübner. Aber Malik ist klar, dass er sowieso nicht alleine handelt. Wahrscheinlich ist Herr Hübner der Drahtzieher im Hintergrund. Jetzt muss Fatima sich ausruhen. „Gute Besserung, Abla", wünschen sie.

Betrübt verlassen Taha, Amin, Karim, Ilıcan und Malik das Haus. Da erzählt Ilıcan von dem Eintrag, den er im Darknet gefunden hat. „Die rühmen sich auch noch damit. Was sind das für Menschen?"

Karim richtet sich an Taha: „Dass es auch ausgerechnet deine Cousine treffen musste!"

„Du denkst, es war Zufall", wundert sich Taha.

Karim: „Zur falschen Zeit am falschen Ort."

Doch Taha erklärt ihm: „Nein. Denk an die E-Mail: Schere, Feuer, Gabel, Licht. So konnten diese miesen Drachen einerseits ihren Plan wahrmachen. Und andererseits haben sie uns direkt damit getroffen." Und wie! Das war Ilıcan bisher gar nicht bewusst. Doch nun will er lieber nicht weiter ermitteln: „Wir haben auch eine Verantwortung gegenüber unseren Familien. Ich will nicht, dass da noch mehr Unschuldige mit hineingerissen werden. Das, was mit Fatima geschah, ist schon schlimm genug."

Auch Malik denkt wieder an Tahas Cousine: „Wir hätten Fatima warnen müssen."

„Hätte, hätte, Fahrradkette. Wäre, wäre, Stachelbeere. Unser Prophet sagte, dass das Grübeln über ‚hätte und wäre' dem Schaytân nur die Tür öffnet", weiß Karim. Amin springt ihm zur Seite: „Lasst uns besser überlegen, wie wir jetzt weitermachen. So aussichtslos ist unsere Situation nicht. Immerhin ist klar, dass die Typen die Identitäten von historischen Drachenmitgliedern übernehmen, und dazu haben wir auch zwei Personenbeschreibungen."

Malik passt es wieder nicht, dass Museumsmitarbeiter Hübner aus ihrem Fokus fällt: „Ich kann mir immer noch gut vorstellen, dass dieser Hübner da mit drinne steckt." Amin ärgert sich über den Verdacht, sagt aber nichts, während Malik weiter spricht: „Es ist auch nicht beruhigend, dass die bisherigen Taten immer brutaler wurden." Jetzt gab es schon körperliche Gewalt gegen eine Glaubensschwester! Einbruch in eine Moschee, Drohmail, Koranverbrennung – alles schon schlimm genug, keine Frage. Aber der Überfall auf Fatima hat eine neue Dimension.

Taha stimmt Malik zu. Er nimmt sein Telefon und ruft bei der Polizeiwache 34 an. Die Vermittlung leitet ihn weiter zu Polizeiwachmeister Jenssen. Der hört sich den Verdacht von Taha kommentarlos an. Nachdem Taha auflegt, fragt Amin: „Was war das denn? War da überhaupt jemand dran? Fünf Minuten redest du in einem Schwall, und der Polizeibeamte hat keine einzige Frage?"

„Ja, das kam mir auch komisch vor. Keine Ahnung, ob der sich die ganze Zeit Notizen gemacht hat oder nebenbei Solitaire gespielt hat. Vielleicht hat er gedacht: Wieder so'n Spinner!"

In der Redaktion läuft es am nächsten Tag für Malik nicht besser. Er sitzt an seinem Schreibtisch, und seine Gedanken drehen sich um den Fall. Seit zwei Tagen hat er eine neue Aufgabe: Er kümmert sich um die Rubrik „Zitat des Tages". Nicht, dass er sich selbst einen bedeutenden Satz überlegt. Nein, dafür schlägt er einfach das Zitate-Lexikon auf und wählt eine Weisheit aus.

So weit, so gut. Heute kann er sich aber einfach nicht konzentrieren. Er bittet deshalb einen Kollegen, die Aufgabe zu übernehmen. Dann geht er zu dem Ressortleiter des Berlin-Teils. Obwohl Malik die Hoffnung aufgegeben hat, selbst einen Artikel über den Vorfall zu schreiben, sollte die Zeitung doch zumindest davon berichten. Es ist wieder zum Verzweifeln, Malik kann noch so gute Argumente und Fakten bringen, der Ressortleiter blockt ab. „Das ist schlimm, keine Frage, aber so etwas passiert Frauen in einer Großstadt alltäglich", antwortet der Ressortleiter.

„Ja, schon. Aber hier gibt es auch eine rassistische Komponente. Die Menschenrechtsorganisation Amnesty International hat schon vor Jahren Alarm geschlagen, weil muslimische Mädchen und Frauen immer mehr diskriminiert werden."

„Woher weißt du, dass sein Motiv rassistisch war? Mir leuchtet es vielmehr ein, dass der Typ einfach nur psychisch krank war. So wie es deine

Bekannte vermutet." Malik gibt auf. Wenn der Redakteur schon nicht an eine organisierte islamfeindliche Gruppierung glaubt, warum nimmt er dann nicht wenigstens das gesellschaftliche Problem ernst? Als ob bei jedem noch so klaren Fall von Islamfeindlichkeit erstmal alle anderen Motive infrage kämen. Hoffentlich haben Amin und Karim mehr Erfolg.

PAKETÜBERGABE VOR DER MOSCHEE

Die sitzen zur selben Zeit über den letzten Seiten des Tagebuchs. Es sind ja nicht mehr viele, und wer weiß – womöglich ist das Ende des Schreckens noch nicht in Sicht. Auch wenn sie den Überfall auf Fatima nicht verhinderten, vor ihrer Verantwortung können sie nicht weglaufen.

Beim Lesen fällt ihnen auf, dass zwei Seiten am Ende fehlen. Sie hatten das nicht gemerkt, als sie beim ersten Durchlauf vor allem fremde Begriffe übersetzten. Im zweiten Durchlauf kamen sie erst gar nicht so weit. Amin schlägt vor: „Wollen wir ins Museum und Herrn Hübner bitten, die beiden Seiten nochmal zu kopieren?"

„Amin, kannst du allein gehen? Da müssen wir doch nicht unbedingt zu zweit hin. Dann würde ich noch was für meine Mutter erledigen", bittet Karim.

Abgemacht. Nachdem Amin über Karims Handy fragt, ob es in Ordnung wäre, wenn er käme, macht er sich auf die Socken.

Als er im Büro ankommt, hat der Museumsrestaurator die Kopien schon gemacht. Die beiden führen wieder ein offenes Gespräch. Herr Hübner scheint bestürzt zu sein über den barbarischen Angriff auf Fatima: „Ihr seid echt mutig. Macht euch nicht verrückt! Ihr habt alles getan, was in eurer Macht stand.“ Dann möchte Herr Hübner wissen, wie es bei Amin in der Schule läuft. „Auf jeden Fall besser. Ich weiß jetzt, was ich will.“

„Und was hast du vor?“

„Mit der Schule aufhören.“ Amin vergisst manchmal, ein bisschen mehr zu erklären.

Herr Hübner ist irritiert, klingt jetzt nicht wie ein großer Fortschritt. „Das wolltest du auch, als wir das letzte Mal sprachen.“

„Nein, das meine ich nicht. Ich will eine Ausbildung machen. Ich weiß nur noch nicht welche.“ Das klingt schon besser. Der ältere Herr möchte Amin helfen. „Hast du dir mal überlegt, was für Interessen du hast? Was für ein Typ du bist?“ Amin zuckt mit den Schultern.

„Tut es dir zum Beispiel gut, Menschen zu helfen, kannst du anderen gut zuhören? Dann wäre etwas mit Pflege oder Erziehung nicht schlecht.“

„O, ich glaube, dafür fehlt mir das Einfühlungsvermögen. Das ist nicht mein Ding.“

„Bist du eher der Handwerker? Baust du gerne Regale auf, magst Technik und reparierst dein Fahrrad selbst?“

„Also, gebastelt habe ich zwar immer gerne. Aber Technik, mmh, ich weiß nicht, da ist Ilıcan richtig gut.“

„Okay, wie ist es mit Zahlen, rechnest du gerne?“ Amin grinst und Herr Hübner versteht. Er ist auch nicht musikalisch oder jemand, der gerne schreibt.

„Ich dachte mal kurz darüber nach, Kfz-Mechatroniker zu werden. Ist mir aber zu körperlich. Ich will was machen, bei dem ich den Kopf und auch Kraft einsetzen muss.“

„Das ist doch schon mal was. Geh deinen Weg, Amin. Dann wirst du auch glücklich. Ich helfe dir gerne, wenn du meinen Rat brauchst.“ Anschließend quatschen die beiden noch über dieses und jenes. Dann muss Amin auch wieder gehen.

Durch das Gespräch kann Amin schon mal ein paar Dinge ausschließen. Das ist nicht schlecht. Herr Hübner weiß, wovon er spricht. Das gibt ihm ein gutes Gefühl. Aus der Stadtbücherei mailt er den anderen: „Okay, der Orden hat vielleicht einen Zug vorgelegt. Aber wir sind längst nicht k. o. Wir können zurückschlagen! Als Erstes müssen Karim und ich die letzten zwei Seiten des Tagebuchs lesen. Dann schauen wir weiter. Und übrigens ist Herr Hübner nie im Leben ein Täter.“ Die Message bleibt nicht ohne Wirkung. Wenn derjenige, der sie die letzten Wochen oft genug heruntergezogen hat, plötzlich voller Tatendrang ist, dann müssen sie mitziehen.

Auch Malik will was unternehmen. Allerdings in eine andere Richtung: Amins blindes Vertrauen in den alten Mann stachelt ihn an. Malik denkt sich: Was gibt es denn Schlaueres, als sich bei einem von uns einzuschleimen und so den Verdacht von sich zu lenken? Bei aller Liebe, es war klar, dass er Amin wählte. Weder Taha, Ilıcan noch Karim lassen sich so schnell hinters Licht führen. Und ich schon mal gar nicht.

So nimmt Malik sich vor, mehr über den Typen herauszubekommen. Er geht schnell in Richtung Museum, um sich nach Dienstschluss an die Fersen von Herrn Hübner zu heften. Nachdem er einige Stationen mit der U-Bahn gefahren ist, läuft Herr Hübner durch das teure Botschaftsviertel. Malik folgt ihm unauffällig. Ausgerechnet gegenüber von der Sultan-Moschee macht er Halt. Er setzt sich auf eine Parkbank. Da hier nicht besonders viel los ist, muss Malik einen sicheren Abstand wahren, damit er nicht entdeckt wird. Was hat er bloß vor? Gut möglich, dass er sein nächstes Anschlagsziel ausspäht, denn er schreibt etwas auf einen kleinen Block. Jetzt ist sich Malik sicher, dass er recht hatte. Keine fünf Minuten später erscheint eine weitere Person. Sie kommt aus der Moschee. Was hat das zu bedeuten?

Der Mann, grauschwarzer Vollbart, kaum Haare auf dem Kopf, setzt sich neben Herrn Hübner. Er überreicht dem Museumsmann ein Paket und gibt ihm einen Briefumschlag. Malik kann sich nicht erklären, was das zu bedeuten hat. Ist das Lösegeld? Wird die Moschee erpresst? Keine drei Minuten später geht der Mann wieder in die Moschee und Herr Hübner dreht wieder um zur U-Bahn.

Malik berichtet den anderen per Whatsapp-Nachricht, was er beobachtet hat. Daraufhin bekommt Karim über seine Mutter den Kontakt zum Moscheevorstand. Karim tastet sich vorsichtig im Gespräch mit dem Vorsitzenden an das heikle Thema. Aber der Vorsitzende macht nicht im Geringsten den Eindruck, als wäre die Gemeinde in irgendeiner Weise bedroht. Vielleicht ist er auch einfach nur eingeschüchtert. So beschließt T.A.K.I.M., dass Herr Hübner weiter genau beobachtet wird. Karim und Amin sollen das Tagebuch trotzdem noch untersuchen. Denn wer auch immer die Täter sind, das Tagebuch zeigt, was sie noch vorhaben.

Am nächsten Tag treffen sich die beiden. Ein letztes Mal heißt es: die giftigen Inhalte bloß nicht ins Herz lassen, Augen zusammenkneifen und durch! „Ach, wie schön sind Physik-, Mathe- und Chemiebücher“, schwärmt Amin augenzwinkernd.

Während sie lesen, drängt sich ihnen eine Frage nach der anderen auf: Gibt es noch einen Anschlag? Oder bleiben sie davon verschont? Es kann ja sein, dass der Anschlag auf den bulgarischen Hamam der letzte Anschlag der Drachen war. Wenn noch ein Anschlag folgte, welche Ausmaße hatte der? War er harmloser? Oder gab es mehr Opfer? Mussten sogar Menschen sterben?

Je mehr sie sich dem Ende des Tagebuchs nähern, desto hastiger lesen sie. Hoffentlich kommen sie um einen weiteren Anschlag herum und der Überfall auf Fatima war der traurige Tiefpunkt. Jetzt überfliegen sie fast nur noch die Zeilen. Einen weiteren Vorfall aus Versehen zu überlesen, wäre aber auch eine Katastrophe, weil sie dann den nächsten Anschlag nicht vermeiden könnten. Kann es dieser

Stiborius nicht bei ein paar weiteren Hasstiraden belassen? Ein letztes Mal blättern sie um. Nur noch vier Absätze. Drei.

Doch dann bricht ihre Hoffnung wie ein Kartenhaus zusammen. Sie lesen die Stelle wieder und wieder. Es ist zwecklos, es ändert nichts. Der Schlussakt der Drachen ist an Brutalität nicht zu überbieten. Karim blickt entsetzt zu Amin. Er holt tief Luft: „Haben die tatsächlich in einem muslimischen Dorf die Brunnen vergiftet und hunderten Menschen das Leben genommen?“ Ja, das haben sie. Sie haben mit dem verseuchten Wasser der Dorfbrunnen Kinder und Alte, Männer und Frauen, sogar das Vieh skrupellos umgebracht!

Sollte der heutige Drachenorden das wirklich nachahmen, stände das Leben vieler Menschen auf dem Spiel. Oder ist das Spinnerei? Wie sollte das möglich sein? Heutzutage gibt es in Großstädten keine öffentlichen Brunnen mehr. Jeder hat zu Hause eine Wasserleitung. Und sollten die Drachen doch an eine Trinkwasserquelle kommen, wären alle Berliner betroffen. Sie könnten die Nichtmuslime nicht aussortieren. Trotzdem, es ist Alarmstufe Rot.

Für den Abend haben sich alle fünf Jungs verabredet, um das weitere Vorgehen abzustimmen. Taha fasst einmal zusammen: „Wir wissen, wie zwei Verdächtige aussehen. Jedenfalls, wenn man Herrn Hübner glauben darf. Zugleich ist auch er selbst verdächtig. Wir wissen noch nicht, was es mit dieser Übergabe vor der Moschee auf sich hat. Möglich, dass da einzelne Personen in der Sultan-Moschee erpresst werden! Ich bin dafür, dass wir uns darauf konzentrieren. Schließlich ist es unrealistisch, dass die Drachen das Trinkwasser vergiften.“

Genau in diesem Augenblick klingelt Maliks Handy. Dieser Anruf durchkreuzt Tahas letzten Plan, Herrn Hübner genauer unter die Lupe zu nehmen, und er bringt sie auf eine ganz andere Spur. Malik hat mit dem Anruf gar nicht mehr gerechnet. Zwar meinte Kwame, dass er sich melden würde, sobald er das Foto vom Tatort gecheckt hat. Aber er machte es von seiner Zeit abhängig. Da dachte sich Malik schon, dass er sich das abschminken kann. Bei dem Stress, den Kwame immer hat. Zum Glück hat sich Malik getäuscht. „Ich schicke euch das bearbeitete Foto gleich mal rüber." Auf Kwame ist halt Verlass.

Gespannt öffnet Malik die JPEG-Datei. Zu sehen ist der Eingangsbereich der Ihsan-Moschee: die zersprungene Scheibe an der Tür, rechts und links die Schuhregale und auf dem Boden der Schweinekopf, umgeben von Scherben, ein bisschen verschmiertes Blut. Ein schrecklicher Anblick. Ilıcan zoomt den Kopf groß. Und tatsächlich finden sie ein Detail, das sie bisher nicht wahrnehmen konnten, weil das Bild keinen Kontrast zwischen dem Fell und der kleinen gelben Plakette zuließ.

Kwame hat ganze Arbeit geleistet, denn jetzt können sie deutlich eine Ohrmarke erkennen. Der Bauer hat sie dem Tier wie ein Ohrstecker verpasst. Dafür gibt es spezielle Zangen. „O Mann, wieso bin ich nicht früher darauf gekommen", ärgert sich Naturfreund Malik. „Natürlich müssen alle landwirtschaftlichen Nutztiere in der EU registriert werden und so eine Marke tragen. Das haben die nach irgendeiner Seuche eingeführt, damit zurückverfolgt werden kann, von welchem Betrieb ein krankes Tier kommt."

Taha wird neugierig: „Und was bedeuten die ganzen Zahlen und Buchstaben?“

„DE ist Deutschland, klar. Die Zwölf in der Mitte müsste für das Bundesland stehen. In Baden-Württemberg haben wir nämlich die Zwei“, erklärt Malik. Ilıcan prüft die Nummer kurz im Internet. „Die Zwölf ist Brandenburg. Nicht wirklich überraschend, dass es das Berliner Umland ist. Aus Bayern den Schweinekopf hier herzuschaffen, wäre viel zu lang gewesen.“ Ganz oben sieht man noch das Logo der zuständigen Landesbehörde. Karim ist schon ganz aufgeregt: „Mr. Smartphone, hast du eine Idee, wie wir den Strichcode entziffern können? Wenn wir das schaffen, wissen wir, von welchem Hof das Schwein kam.“

„Zeig mal her.“ Ilıcan führt sein Handy direkt vor sein Display. Mit einer speziellen App für das Lesen von Strichcodes scannt er ihn. Keine 30 Sekunden später wissen sie Bescheid. Es handelt sich um den Hof des Bio-Landwirts Mowolta in 01983 Schnallgow. Sie suchen nach dem Ort in einer Map. „Ob der Landwirt wirklich der Täter ist?“, fragt Malik nach einer Weile.

„Das muss nicht unbedingt sein. Aber zumindest ist es eine neue Fährte, der wir folgen müssen. Und wir haben die Beschreibungen von zwei Tätern. Damit kommen wir weiter“, ist sich Amin sicher.

Karim ist genauso voller Tatendrang. Er will endlich die Drachen besiegen und verhindern, dass die neuen Drachen es ihren alten Vorbildern weiter gleichtun: „Das heißt, wir fahren nach Schnallgow?“

Taha: „Anschnall’n und go! Wir kommen!“

BIO-HALAL AUS SCHNALLGOW

Bevor sie sich auf den Weg machen, haben Karim, Amin, Taha und Ilıcan noch Schule und Malik Praktikum. Mal wieder sucht er nach dem Zitat des Tages. Es soll heute etwas Besonderes sein, am besten eine versteckte Botschaft für die Drachen enthalten. Erst überlegt Malik, das Zitat „Ich bin noch eine Krabbe, kein Drachen" des Unternehmers Barry Lam ein wenig zu verändern. Zum Beispiel in: „Du bleibst dein Leben lang nur eine Krabbe, kein Drachen." Dann müsste er aber schreiben „In Anlehnung an...". Aus dem Grund entscheidet er sich für ein anderes Zitat: „Man klammert einen Drachen bei seinen Berechnungen nicht aus, wenn man in dessen Nähe lebt." Hier muss Malik nichts abändern, und es enthält die Message: Uns könnt ihr nicht mehr überraschen! Nicht zuletzt ist der Zitierte bekannter: J. R. R. Tolkien, Autor des Romans „Herr der Ringe".

Für Amin verlief der Vormittag noch erfreulicher. Er hat nach langer, langer Zeit mal wieder eine Zwei geschrieben. Und das auch noch in Mathe! Herr Hübner ist der Erste, der davon erfährt. Seine Eltern glauben, dass es nun wieder bergauf geht. Allerdings hat er ihnen noch nichts von seinen Ausbildungsplänen erzählt.

Am Nachmittag geht es dann los. Taha, Amin, Karim, Ilıcan und Malik sitzen in der Regionalbahn nach Schnallgow. Mehr als 20 Minuten haben sie Verspätung. Obwohl niemand auf ihren Besuch wartet, sind sie genervt. Blöd, dass die langsameren Züge den schnelleren immer Vorrang geben. Seit ein paar Minuten wartet ihre Regionalbahn auf einen ICE, der endlich mal vorbeirauschen sollte. Malik hört Musik über seine Kopfhörer und versucht, ein bisschen die Augen zu schließen, was aber unmöglich ist: Die Seitenwand, an die er sich lehnt, geht schräg nach oben ins Wageninnere, sodass sein Kopf bei der kleinsten Bewegung von der Wand wegkippt und dann wieder auf die gleiche zurückschlägt.

Zu erzählen haben sie sich auch nichts mehr. Jetzt sind sie im Tunnel: Wie vor einem wichtigen Wettkampf ist das Aufeinandertreffen mit den Drachen im Hof Mowolta das einzige, was zählt. Wohnen die alle zusammen wie in einer WG des Bösen und hecken beim Abendbrot ihre mörderischen Pläne aus? Ist der Hof geschützt wie das FBI-Gebäude mit Videokameras, Selbstschussanlagen und Drohnen? Wie wird das sein, wenn sie Stiborius, Heinrich von Cille oder Vlad II. in die Augen blicken? Ist einer von ihnen vielleicht Hübner? Und wie reagieren die Drachen, wenn T.A.K.I.M. ihnen direkt gegenüberstehen? Schließlich wissen sie spätestens seit der Koranverbrennung, wie die Jungs aussehen. Kommt es zum direkten Kampf? Nur gut, dass Amin dabei ist.

Der Zug tuckert fast alle zehn Minuten von einem kleinen Nest ins nächste. An Monitoren können sie die Fahrt nachvollziehen, eine fast endlose Kette von Bahnhöfen, bis als vorletzte Schnallgow erscheint. Da erscheint auf dem Bildschirm das Zitat des Tages. Taha lacht sich schlapp: „‚Man klammert einen Drachen bei seinen Berechnungen nicht aus, wenn man in dessen Nähe lebt.‘ Das passt ja wie die Faust aufs Auge. Als ob Allah uns den Spruch geschickt hätte.“

Malik: „Nee, oder? Die haben hundertprozentig mein Zitat geklaut!“

Das versteht Amin nicht: „Warum denn deins? Da steht doch: Tolkien.“

„Ja, schon. Aber ich habe es gestern in die Zeitung gesetzt. Die haben das vom Berliner Journal übernommen.“ Die anderen müssen schmunzeln: „Es wäre nur zu cool, wenn Vlad und Co. das auch lesen würden“, hofft Taha. Ansonsten präsentiert der Bildschirm das Tageswetter, ein Quiz, die wichtigsten Nachrichten der letzten 24 Stunden und das Bild des Tages. Das ist genauso langweilig wie der Schaffner, der sich ihr Fünf-Personen-Brandenburg-Ticket nicht richtig anschaut.

Dann kommt nach zwei Stunden Fahrt endlich die erlösende Durchsage: Nächster Halt Schnallgow. Während es am Berliner Hauptbahnhof, wo sie eingestiegen sind, 16 Gleise auf mehreren Etagen gibt, besteht der Bahnhof Schnallgow nur aus einem Bahnsteig mit nur einem Gleis. So selten kommen hier Züge an. Der Bahnhof liegt am einen Ende von Schnallgow, der Hof Mowolta am anderen, deshalb marschieren die Jungs einmal quer durch den Ort.

Auf dem Zwischenstück vom Bahnhof zur Hauptstraße steht ein fünfgeschössiger Wohnblock. Als sie vorbeikommen, rappt Amin Sidos Song: „Meine Stadt, mein Bezirk, mein Viertel, meine Gegend, meine Straße, mein Zuhause, mein Block, mein Block, yeah, ah.“ Die anderen stimmen mit ein.

Entlang der Hauptstraße steht Haus an Haus, dazwischen jeweils ein menschgroßes Tor für die Einfahrt der Autos. Sie laufen die 15 Minuten auf dem unbefestigten Fußweg. In dieser Zeit holpert nur ein Auto über die Pflastersteine an ihnen vorbei. Es gibt fast keine Geschäfte in dem Ort. Das Internet-Café und die Videothek müssen vor kurzem zugemacht haben. Bei der einzigen kleinen Bäckerei machen sie halt. Ilıcan geht allein hinein und kauft für die Jungs zwei Amerikaner, zwei Pfannkuchen und ein Splitterbrötchen. Obwohl es noch andere gibt, wählt der Bäcker absichtlich genau die Amerikaner aus, bei denen etwas vom Schokoguss abgeblättert ist. Ilıcan schämt sich, den Bäcker darauf hinzuweisen. Dann gehen sie weiter.

Jetzt kann es nicht mehr weit sein. Zwischen dem letzten Einfamilienhaus und dem Hof liegen noch das gelbe Ortsausgangsschild und 200 Meter Wiese.

Da sehen sie auch schon den hölzernen Schuppen und daneben das Wohnhaus mit dem Hofladen. Den betreten sie als Erstes. Die Tür steht offen, obwohl keiner da ist. Auf dem Verkaufstisch liegt eine Glocke mit der Aufschrift „Bitte läuten". So eine kennt Taha von seiner Klassenlehrerin. Endlich kann er mal selbst darauf hauen. Kurz danach kommt ein Junge – er mag vielleicht zehn, elf Jahre alt sein – durch die Hintertür: „Tachchen, kann ick oich helfen?" Malik denkt sich: Uff, der berlinert ja mehr als die Berliner!

„Wir würden gerne mit dem Landwirt sprechen."

„Mit Vaddern? Na dann, mir nach!"

Der Junge läuft vor, T.A.K.I.M. hinterher. Sie gehen einen kleinen Sandweg entlang über eine Weide, bis sie nach 300 Metern zu einem modernen

Stall kommen. Amin hält den Atem an: „Boah, das riecht wie Vieh.“

„Tatsächlich! Nicht zu fassen – und das mitten auf einem Bauernhof!“, manchmal kann Malik kaum glauben, was Amin von sich gibt. Als sie den Stall betreten, staunen die Berliner nicht schlecht; sie sind zum ersten Mal in so einem Stall. Er erinnert an eine Turnhalle: Gleiche Größe, Deckenhöhe, und es schimmert nur wenig Licht durch die schmale Fensterreihe am oberen Ende der Stallwände.

Außerdem ist es laut wie bei einem F-Jugendturnier im Fußball. Alle möglichen Laute von Kühen, Schweinen, Schafen und Hühnern durchkreuzen den Stall, obwohl die Tiere getrennt voneinander in eigenen Gehegen gehalten werden. „Jetzt fehlt nur noch“, Amin fängt an zu singen: „Meine Oma fährt im Hühnerstall Motorrad.“ Genau in diesem Augenblick kommt Landwirt Mowolta mit einem Minitrecker und Anhänger, auf dem Heu liegt, um die Ecke gebraust.

Taha geht in Gedanken noch einmal ihren Plan durch: Gehen wir davon aus, dass der Landwirt ein Drache ist. Dann hat er auch das Video gesehen. Und dann weiß er, wie wir aussehen. Womit er aber nicht rechnen kann, ist, dass wir rausbekommen haben, wo er wohnt. Das ist unser Trumpf, denn dann wird er in irgendeiner Form auffallen, wenn er uns gleich zum ersten Mal sieht.

Doch nun reagiert er nicht so, als fühlte er sich ertappt. Anscheinend kommen immer wieder mal Besucher auf seinen Hof. Ilıcan hat sein Smartphone rausgeholt, hält es so, dass seine Kumpels auch auf die Profile-App schauen können. Landwirt Mowolta ähnelt keiner der beiden Täterbeschreibungen. Er ist weder 1,90 Meter groß wie Vlad II. noch so klein wie Hermann von Cille. Glubschaugen und Piercing hat er auch nicht. So schnell geben die Jungs allerdings nicht auf. Der Typ ist möglicherweise Stiborius oder ein anderer Drache. Dann wäre er ein verdammt guter Schauspieler. Er hätte auch keine andere Wahl, T.A.K.I.M. ist in der Überzahl.

Deshalb müssen sie Tahas Plan B angehen, ihn direkt mit dem Foto des toten Schweins konfrontieren. Malik sollte das übernehmen. Zwei Mal wird er sich nicht so gut verstellen können.

Erst einmal müssen sie ihn begrüßen. Die Jungs verteilen sich um den Trecker, sodass er sie schon über den Haufen fahren müsste, wenn er entkommen will. „Guten Tag, Herr Mowolta, entschuldigen Sie die Störung. Wir haben da eine Frage: Können Sie uns zu diesem Bild etwas sagen?“ Malik wischt die Profile-App weg, damit er dem Landwirt das Foto mit dem Schweinekopf zeigen kann. Auch die anderen machen noch einmal zwei Schritte auf Mowolta zu. Sobald er die kleinste Fluchtbewegung macht oder einen verdächtigen Gesichtsausdruck, würden sie zugreifen.

Jetzt sehen sie Mowolta den Schock an: „Und ob. Dit war meen Schwein Eduard.“ Er dreht den Zündschlüssel um, steigt ab und bittet die fünf jungen Detektive, mit ihm ins Haus zu kommen. Das wird doch keine Falle sein? Malik ist sich nicht sicher.

Was sie im Hofladen am Stehtisch von Landwirt Mowolta hören, versetzt sie in großes Staunen. „Ick weeß noch jenau, wie ick den Rumpf des armen Tiers sah. Dat es so flöten jehen musste“, er schüttelt den Kopf. „Een Jammer!“

„Puh, und wir dachten schon, Sie könnten etwas mit dem Moscheeanschlag zu tun haben“, gibt Ilıcan voreilig zu.

„Womit?“, Mowolta versteht nur Bahnhof. Jetzt, da Ilıcan die Katze aus dem Sack gelassen hat, erzählt Karim, was es mit dem Schweinekopfanschlag auf sich hat.

„Icke? Da kennta mir aber schlecht! Bei mir kommense doch sojar von der türkischen Metzgerei in Berlin, um halal – oder wie ditte heißt – zu schlachten.“

„Ach was?“

„Ja, zwee Jahre schon kommense zu mir. Sind wirklich dufte, der Meesta und seene Keulen.“

Jetzt ist es Malik, der nicht versteht: „Wie duftende Hähnchenkeulen?“

„Na, Mensch, Keulen, dit sind Kollejen.“ Jetzt macht’s klick.

„Wie ist denn der Name der Metzgerei?“, fragt Taha.

„Fatih Kasap.“ Das lässt sich überprüfen. Ilıcan macht das direkt über sein Handy. Den Laden gibt es wirklich, und auf der Website steht, dass er sein Fleisch aus Schnallgow bezieht. Auch Malik und Taha sind nun von Mowoltas Unschuld überzeugt.

„Nachdem ihr mir ditte mit der Kirche …“,

„Sie meinen Moschee“, unterbricht ihn Karim.

„Jenau, seitdem ick dit weeß, gloobe ick, dass mir eener eens auswischen wollte, weil ick mit de Mohammedanern,“ Karim muss ihn schon wieder verbessern: „Sie meinen Muslime.“

„Ja, sorry, nich bös jemeint. Weil ick mit den Muslimen Jeschäfte mach. Krank, eenfach nur krank!“ Landwirt Mowolta ist also ein Opfer der Drachen, genau wie sie! Deshalb fragt Taha: „Fällt Ihnen denn jemand ein, der schlecht auf Sie zu sprechen ist?“

„Mmh, so spontan nich. Wisst ihr, ick versorj so viel mit dem Fleisch. Von großen Discountern, die meen Fleisch als Regio preisen, über Einzelhändler wie Fatih Kasap, bis hin zu Privatleuten. Ick könnt ma noch am ehesten vorstellen, dit war eener der falschen Fuffzijer hier im Dorf.“

Taha kann sich Letzteres gut vorstellen. Schließlich hätte es der Täter nicht so weit bis zum Hof und: Er hätte aus seiner Sicht einen Grund, wütend auf den Landwirt zu sein, weil der Geschäfte mit Muslimen macht. Taha will überprüfen, ob die Personenbeschreibungen von Fatima und Hübner auf jemanden im Dorf zutreffen: „Sagen Sie, Herr Mowolta, ist einer derjenigen, die nicht so gut auf Sie zu sprechen sind, ungefähr so groß wie Ilıcan, ziemlich dünn und hat Glubschaugen?“

Mowolta überlegt: „Nee, so eener jehört nich zu den Flitzpiepen.“

„Oder vielleicht so groß wie Taha, abstehende, gegelte Haare, mit Piercing an der Augenbraue und extrem große Ohrringe?“

„Piercing? Nee, so jemand kenn ick och nich“, sagt Mowolta. Vlad II. und Heinrich von Cille kommen nicht infrage. Aber es könnte ja noch Hübner sein. Malik: „Gibt es hier in Schnallgow einen älteren Herrn, der gerne eine Baskenmütze und Weste trägt?“

„Na, solche jibt’s hier schon.“ Malik reibt sich die Hände, hat er es doch gewusst. Hübner! Allerdings könnte auch Stiborius derjenige sein, der aus Schnallgow kommt. Von ihm haben sie noch keine Beschreibung. Oder haben sie sich komplett getäuscht? Nachdem sie sich von Mowolta fürs Erste verabschiedet haben, fordert Malik, dass endlich überprüft wird, was es mit dem seltsamen Geschäft vor der Sultan-Moschee auf sich hatte.

„Ich übernehme das. Ich frage ihn ganz direkt!“, meint Amin. Weil sie nicht mehr viel Zeit bis zu einem möglichen nächsten Anschlag haben, stimmen die anderen zu.

AMIN VERLIERT IM ARMDRÜCKEN

Amin hat einen guten Vorwand, sich wieder mit Herrn Hübner zu treffen, denn der versprach ihm zu helfen. Nach wie vor ist er überzeugt von der Unschuld des Museumsmitarbeiters. Außerdem hat er ein ernstes Anliegen. Wieder sitzen sie im Museum. Amin: „Ich habe lange über verschiedene Ausbildungsberufe nachgedacht. Da kam mir die Idee: Wie wird man eigentlich Restaurator?“ Wahrscheinlich kam er auf den Gedanken, weil er Hübner so schätzt.

„Ich habe früher eine handwerkliche Ausbildung dafür gemacht. Mittlerweile kann man auch Konservierung und Restauration studieren.“

Amin ist ein wenig ernüchtert. Doch studieren? Er fragt: „Geht das nur noch übers Studium?“

„Nein, es gibt immer noch Ausbildungen.“ Hübner freut sich, dass Amin sich für seinen Beruf interessiert. Er lässt sich aber nichts anmerken – im Gegenteil, er zieht Amin auf: „Das würdest du aber nicht schaffen.“

„Warum? Ist die Theorie zu kompliziert?“

„Das Köpfchen dafür hättest du. Aber du gibst zu schnell auf“, Herr Hübner möchte den Ehrgeiz aus Amin herauskitzeln, „und außerdem wäre es zu anstrengend.“

Amin lacht sich schlapp: „Ha, ha, ha. Fast wäre ich drauf reingefallen.“

„Doch, doch. Dafür fehlen dir die Unterarmmuskeln. Kommt davon, wenn man immer nur Bizeps trainiert. Ich glaube nicht, dass du das schaffst. Manchmal, gerade wenn neue Objekte im Museum eintreffen, ist das schwere Arbeit: schleifen, spachteln, polieren.“ Hübner stachelt ihn weiter an. Jetzt mustert Amin skeptisch die Unterarme seines Gegenübers. Allerdings sind die von seinem Hemd bedeckt. Der alte Mann erkennt, dass sich Amin gerade fragt, ob es wirklich stimmen könnte, und schlägt vor: „Komm, wir testen das. Eine Runde Armdrücken?“ Ist das sein Ernst, fragt sich Amin.

Er erinnert sich an das Training vor ein paar Monaten. Er betrat die Kampfschule, als ein 9-Jähriger, der gerade Judo hatte, unbedingt gegen ihn kämpfen wollte. Den konnte Amin auch nicht wirklich ernst nehmen. Er hielt den Kopf des Kleinen mit der rechten Hand auf Abstand, sodass der Knirps trotz wilder Propellerschläge Amin nicht treffen konnte. Währenddessen musste er sich das Lachen verkneifen. „Herr Hübner, ich habe Sie wirklich gern. Hören Sie auf. Ich verletze Sie noch.“ Doch er beharrt darauf: „Nein, nein, keine Sorge. Du kannst ja aufpassen.“

Er schiebt die Unterlagen auf seinem Tisch zur Seite, krempelt die Ärmel hoch, legt seinen rechten Ellenbogen auf die Platte und fordert Amin auf: „Na, los!“ Jetzt muss er wirklich. Amüsiert legt auch Amin seinen Ellenbogen auf den Tisch und krallt sich die Hand von Herrn Hübner: „Ich habe Sie gewarnt.“

„Ja, hast du“, stimmt Herr Hübner zu, „bist Du bereit?“ Amin nickt. „Na dann: auf die Plätze, fertig, los!“ Hübner wartet ab, damit Amin zuerst drückt. Während Amin gleich Vollgas gibt, greift Herr Hübner mit der freien Hand zur Westentasche, um seine Brille herauszuholen. Er schüttelt sie ein Mal in der Luft, die Bügel klappen auf, und er setzt sie sich einhändig auf. Langsam nimmt der alte Mann die Kraft Amins auf. Er selbst gibt nur genau so viel Widerstand, dass sich sein Arm ganz langsam und kontrolliert Richtung Niederlage senkt. So ein Fuchs ist Herr Hübner.

Amin kriegt davon nichts mit. Seine ganze Power setzt er auf einmal ein. Kurz und schmerzlos will er es für sich und vor allem den Alten hinter sich bringen. Er beugt seinen Oberkörper parallel zum Oberarm. Nach 15 Sekunden sind es nur noch vier, fünf Zentimeter bis zum Sieg. Verläuft eigentlich alles nach Plan, auch wenn der Alte nicht schlecht ist, denkt sich Amin. Doch nun kommt er nicht weiter. Amin ist überrascht, dass Herr Hübner auf einmal so dagegenhält. Wahrscheinlich sammelt er seine letzte Kraft vor der Niederlage. Amin kennt das, es kann nicht mehr lange dauern.

Doch beide Hände verharren weiter knapp über der Tischplatte, mehr lässt Hübner nicht zu. Nur um wenige Millimeter bewegen sich die Hände zitternd hoch und runter. Fünf Sekunden, zehn Sekunden, Amin presst die Luft in seine Wangen, Schweißperlen rollen von seiner Stirn und tropfen auf den Schreibtisch.

Währenddessen verzieht Herr Hübner sein Gesicht – so, als wenn er sich wirklich anstrengen würde. Was für eine Show! Weitere 30 Sekunden vergehen, in denen sich Amin völlig verausgabt. Er greift mit der linken Hand zum linken Ende des

Tisches, um noch mehr Energie in seinen rechten Arm zu übertragen. Entweder presst er die Hand des Gegners gleich auf den Tisch oder er muss aufgeben. Noch einmal stemmt er sich mit allem, was er hat, in den Kampf und gegen die Niederlage.

Er gibt ein letztes „Ahhhh" von sich, doch es nützt nichts. Es ist aus. Sein Kopf plumpst auf die Tischplatte, seine Hand liegt nur noch wehr- und kraftlos in Hübners Pranke, und er schafft es nicht einmal mehr, sie aus dem Griff zu lösen. So platt ist Amin. Dabei war er dem Sieg drei Minuten lang nur wenige Zentimeter nah. „Das war es? In der Stellung gibst du auf? Du hast doch fast gewonnen?" Hübner zeigt auf Amins Hand, die sich immer noch über seiner eigenen befindet, und grinst Amin an. Langsam kriegt der wieder Luft. Und mit dem Sauerstoff kehrt auch Amins Übermut zurück: „Okay, okay, jetzt mit links!"

„Bist du dir ganz sicher?"

„Ja, mit rechts war Glück. Ich hatte Muskelkater!", redet sich Amin raus.

Hübner antwortet nach dem Motto „wenn er unbedingt will": „Aber ich bin Linkshänder!" Amin winkt ab, jetzt gibt er endgültig auf.

„Du hast wohl vergessen, dass ich früher Kugelstoßer war. Außerdem gehe ich seit 20 Jahren bowlen", sagt Hübner. Weil er den jungen Mann ins Herz geschlossen hat, bietet er an: „Aber lass uns nochmal über die Ausbildung reden. Wenn du das wirklich willst, kannst du die Ausbildung bei mir machen."

Amin traut seinen Ohren kaum: „Sie verspotten mich schon wieder!"

„Nein, aber dafür musst du dich in der Schule verbessern."

„Das hatte ich sowieso vor. Versprochen, Sie werden sehen."

„Abgemacht?" Herr Hübner hält ihm die Hand hin. Keine Sekunde zögert Amin und schlägt ein. In dem Augenblick tut Hübner so, als würde ihm Amins Handschlag umhauen: „Okay, jetzt steht's 1:1." Die beiden lachen und Amin denkt sich: Wie genial ist das denn! So interessante Arbeit und dazu noch bei einem coolen Ausbilder.

Obwohl er sich hundertprozentig sicher ist, dass er damit nichts zu tun hat, überwindet Amin sich trotzdem und fragt: „Herr Hübner, ich muss Sie noch was fragen. Einer meiner Freunde hat mehr oder weniger zufällig gesehen, wie Ihnen vor der Sultan-Moschee etwas von einem Mann übergeben wurde. Können Sie mir das erklären?" Der Museumsmitarbeiter ist überrascht, setzt seine Brille auf und mustert Amin. Dann macht's klick und Hübner schmunzelt: „Ah, ich verstehe, ihr wollt sichergehen, dass ich nichts mit dem Fall zu tun habe. Sehr gründliche Detektive seid ihr! Das ist gut. Ich kann es leicht erklären. Der Mann, den ich getroffen habe, stammt aus Ägypten. Er brachte mir eine alte Vase, die ich für das ägyptische Nationalmuseum in Kairo restauriere. Und bevor du mich fragst: Ich habe auch einen Briefumschlag bekommen. Da war etwas Geld als Anzahlung drin." Amin ist mega-erleichtert. Was für gute Nachrichten!

Nun wird es Zeit für eine Team-Schura. Sie stehen vor zwei letzten großen Fragen: Was haben die Drachen als Nächstes vor? Einen Brunnen zu vergiften ist ja kaum möglich. Und: Wer sind die Drachen? Jedenfalls gehören weder Hübner noch Mowolta zu ihnen.

Sie sitzen in ihrer Runde. „Das sind alles keine Kinderstreiche mehr", meint Malik.

Ilıcan holt einen Zettel raus. „Richtig. Die Drachen haben 'ne ganz schön lange Liste an Straftaten: Unerlaubte Tiertötung, Hausfriedensbruch, Bedrohung, Körperverletzung, Störung des öffentlichen Friedens durch Androhung von Straftaten, Volksverhetzung, Beschimpfung von Religionsgesellschaften nach Paragraf § 166 des Strafgesetzbuches. Und die Koranverbrennung könnte auch als versuchte Brandstiftung einer Moschee durchgehen."

„Das ist doch Terror", empört sich Karim, „nichts anderes. Das ist Terror!"

Ilıcan, der sich gerade ein paar Erdnüsse gegönnt hat, sagt ein wenig undeutlich mit vollem Mund: „Und das wäre ihre neunte Straftat: Bildung einer terroristischen Vereinigung nach Paragraf 129a StGB."

„Und es wurde immer heftiger", meint Malik. Er schüttelt den Kopf, und Taha fragt sich: Wo soll das denn nur enden?

Da fällt Malik etwas so unerwartet ein, wie einem der Ball vor die Füße oder der Brust springt, nachdem ein begnadeter Mitspieler einen No-Look-Pass gespielt hat: „Hat Bauer Mowolta nicht gesagt, dass auch die Mitarbeiter der Metzgerei ‚Fatih Kasap' bei ihm im Schlachthaus halal schlachten?" Die anderen nicken. „Was ist, wenn die Drachen statt Brunnen das Fleisch der Halal-Metzgerei vergiften? Das könnten sie unauffällig in Schnallgow tun."

Taha hat sofort kapiert, was Malik meint. Kurzatmig spricht er: „Und so schlägt der Drache gleich zwei Fliegen mit einer Klappe: Er verursacht großes Unheil unter den Muslimen und schadet auch noch Herrn Mowolta, gegen den er etwas hat."

Malik bleibt eine Erdnuss im Hals stecken. Seine Augen werden rot, wobei nicht klar ist, ob ihm der Schock so zusetzt oder sich die Gesichtsfarbe vom starken Husten gewandelt hat. Auf Ilıcans Hals bilden sich wieder Flecken. Den anderen geht es nicht besser. Was macht man, wenn man weiß, die Tsunami-Welle schwappt über und reißt gleich alles mit? Karim will direkt seine Mutter anrufen, die Polizei einschalten. Sie solle die Berliner Muslime warnen, und auch die Metzgerei „Fatih Kasap" muss fürs Erste geschlossen werden, bevor eine Katastrophe passiert. Hoffentlich ist es nicht schon zu spät.

Doch Amin hält Karims Hand zurück: „Piano, piano. Mach mal langsam. So kriegen wir die Täter nie und geben wieder preis, was wir schon wissen.

Sie sind uns immer einen Schritt voraus. Ich hab's satt, immer nur hinterherzulaufen." Das ist typisch Amin. Niederlagen kann er nicht akzeptieren. Seine Ansage: „Jetzt sind wir am Zug!" Nur wie? Ein paar Minuten ist es ganz still in der Team-Schura. T.A.K.I.M. rätselt.

Taha zieht seinen linken Mundwinkel in die Mitte und knurrt. So macht er es immer, wenn er scharf nachdenkt. Dann unterbricht er das Schweigen: „Okay, den Plan der Drachen an die große Glocke zu hängen, ist nicht klug. Aber wir müssen zumindest sichergehen, dass den Kunden der Fatih-Kasap-Metzgerei nichts passiert. Egal, ob Muslimen oder Andersgläubigen." Aus diesem Grund rufen sie bei dem Inhaber an und bitten ihn, die nächste Zeit bei einem anderen Brandenburger Schlachthof ihr Fleisch halal zu schlachten. Obwohl sie dem Inhaber nicht im Detail erklären können, warum, glaubt er ihnen. Dafür genügt, dass Karim sich als Sohn von Frau Faruki vom Islamischen Dachverband Berlin vorstellt. Den Farukis wird in der Community vertraut.

Der nächste Schritt: Sie müssen Landwirt Mowolta noch einmal kontaktieren. Malik, der mit seinen Verhandlungskünsten selbst einen Löwen überzeugen könnte, auf ein hinkendes Zebra zu verzichten, übernimmt: „Herr Mowolta, wie geht es Ihnen?"

„Danke. Allet in Butta."

„Wir möchten Sie nicht beunruhigen, aber wir vermuten, dass diejenigen, die Ihr Schwein getötet haben und Anschläge auf Muslime und Moscheen in Berlin verübten, bald erneut zuschlagen könnten. Und wir befürchten, dass Ihr Hof betroffen sein wird."

„Wie denn dit?"

„Sie haben uns doch davon erzählt, dass auch Muslime bei Ihnen halal schlachten?"

Landwirt Mowolta ist ein bisschen durcheinander, weiß nicht, worauf Malik hinauswill. Er antwortet: „Ja?"

„Wir gehen davon aus, dass das Halal-Fleisch bei Ihnen vergiftet wird."

„Dit is nich möglich. Die Kumpanen von Fatih Kasap kommen selbst zum Schlachten und nehmen dit Fleesch umjehend mit. Wann sollense die verjiften?"

„Mmh", damit haben Malik und die anderen nicht gerechnet. Sie grübeln. Um Landwirt Mowolta nicht zu lange warten zu lassen, entschuldigt sich Malik: „Herr Mowolta, wir müssen uns besprechen. Können wir gleich nochmal anrufen?"

„Klaro."

Was nun? Sie sind davon ausgegangen, dass das Fleisch noch eine Weile im Kühlraum bei Mowolta lagert. Und in der Tat – wenn es erst einmal in den Händen von Fatih Kasap ist, wird es für die Drachen unmöglich, ihm noch Gift zu injizieren. Erst in Berlin zuzuschlagen, wäre zu auffällig. Dafür müssten sie in die Metzgerei einbrechen. Nicht nur T.A.K.I.M., jeder würde sofort Verdacht schöpfen. Also liegen die Jungs doch falsch? Karim dreht mit der rechten Hand seinen linken Ringfinger sanft in beide Richtungen: „Was ist, wenn die Drachen die noch lebenden Tiere vergiften? Vielleicht gibt es ein Gift, das Tiere am Leben lässt, aber dann die Menschen, die von dem Fleisch essen, tötet. Oder ein Gift, das erst nach Tagen oder Monaten wirkt." Ilıcan checkt das sofort im Internet. Und es stimmt:

So ein Gift gibt es. Sie rufen wieder bei Herrn Mowolta an und schildern ihren Verdacht.

„Ick will jar nich dran denken ..." Es kommt so gut wie nie vor, aber jetzt bleibt Landwirt Mowolta doch die Spucke weg. „Da bin ick baff. Warum icke? Warum ausjerechnet icke?"

Malik fragt: „Herr Mowolta, haben Sie nicht gesagt, dass es dem einen oder anderen im Dorf nicht passt, dass Sie mit Muslimen zusammenarbeiten?" Ein kurzer, zustimmender Laut – mehr hören sie nicht von Landwirt. „Sehen Sie! Und die Drachen wollen Sie und uns Muslime fertigmachen."

Mowolta versteht die Welt nicht mehr: „Wat ham die nur in de Birne? Solche kranken Hirnis!"

Taha, nicht besonders einfühlsam, sagt auch noch: „Und wenn zurückverfolgt wird, wie es zu den Vergiftungen kam, wird die Spur zu Ihrem Hof führen. Dann haben Sie einen Lebensmittelskandal am Hals, und Ihr Hof kann dichtmachen." Das gibt Landwirt Mowolta den Rest.

Malik versucht, wieder konstruktiver an die Sache heranzugehen. „Wann kommen die Mitarbeiter von Kasap Fatih das nächste Mal?"

Mowolta: „In drei Tajen, hamse jesacht."

Malik: „Und wissen Sie, was oder wie viele Tiere sie schlachten wollten?"

Mowolta: „Ja, viere von meenen sieben Schafen. Jetzt sind wa schön in der Bredoulje. Jungs, sollen wa nich besser die Polente einschalten? Dit Janze macht ma langsam Bammel."

Ilıcan: „Ich rate davon ab, wir haben zu wenig in der Hand. Was sollen wir denen sagen? ‚Wir befürchten, dass ein paar Schafe vergiftet werden könnten.' Da unternimmt die Polizei noch nichts."

„Stimmt, und hier machen die eh nüscht. Wat habt ihr vor?“

„Könnten Sie einen Tierarzt fragen, ob der mal Blutproben der Tiere nehmen könnte?“

„Mach ick sofort, der is een juter Kumpel.“ Kurz darauf beenden sie das Gespräch. Alles Weitere wollen sie später besprechen.

AUF FRISCHER TAT

Am nächsten Morgen meldet sich Landwirt Mowolta in aller Frühe. Es ist zum Glück noch kein Tier vergiftet worden, das hat der Tierarzt festgestellt. Die Drachen werden demnach in den nächsten Tagen zuschlagen. Höchstwahrscheinlich. Ist ja klar, was sie jetzt tun müssen: Sich nur auf die Lauer legen und zuschnappen. Dann ist nach Cami Harami der zweite Fall gelöst. Inschallah.

Noch zwei Tage, dann kommen die Mitarbeiter von Fatih Kasap. Da tagsüber auf dem Hof zu viel los ist, werden die Drachen wohl am ehesten nachts zuschlagen. Trotzdem – Landwirt Mowolta und seine Familie sind auf jeden Fall alarmiert, sollen auch am Tage die Augen offen halten. In den Nächten ist T.A.K.I.M. vor Ort.

Sie sind ausgerüstet mit dicken, wetterfesten Jacken, Isomatten, Taschenlampen, Decken, Mützen und Turnschuhen statt Gummistiefeln, mit denen lässt es sich nämlich besser fliehende Drachen jagen. Dass sie alle fünf lange Unterhosen anhaben, ist ihnen peinlich, deshalb verraten sie es niemandem.

Am Nachmittag gehen sie mit Landwirt Mowolta das Gelände ab, um die beste Stelle zu finden, von der sie den großen Stall, in den abends die Schafe zurückgebracht werden, beobachten können. Amin schlägt vor, dass sie direkt im Stall zwischen den Schafen warten: „Dann kann ich den Drachen ihre Spritzen direkt in ihren eigenen Hintern setzen!“ Die anderen halten das für keine gute Idee.

Sie entscheiden sich dann dafür, ihr Quartier hinter einer kleinen Anhöhe aufzuschlagen, auf der drei dichte Büsche mit Dornen und orangefarbenen Vogelbeeren wachsen. Der Platz ist perfekt. Wenn sie auf dem Bauch liegen, ragen nur ihre Köpfe über die flache Hügelspitze. Und auch die sind vom Stall aus kaum zu sehen, weil davor die Büsche stehen. Auf der anderen Seite können sie problemlos durch das Gestrüpp hindurchblicken. Hinter ihnen sind zwanzig Meter Wald und dahinter ein großer See. Von dort können die Drachen nicht kommen.

Nachdem sie in dem Haus von Landwirt Mowolta noch eine selbstgemachte Limonade trinken, geht auch schon langsam die Sonne unter, und die Detektive sollten sich auf ihre Posten begeben.

Die Minuten vergehen so langsam wie Stunden, es ist kühl und ungemütlich. Nach einer Weile verstummt Ilıcan. „Der ist raus, Jungs“, sagt Malik, der neben ihm liegt. Da hören die anderen auch, wie Ilıcans Schnarchen ihr Flüstern immer mehr übertönt: „Der schnarcht lauter als eine durchgedrehte Kuh muht“, bemerkt Taha lachend.

„Ja, aber nachdem sie vergiftet wurde“, beteiligt sich Malik an den Scherzen.

„Oder es klingt wie eine Beschwerde von einem Verwaltungsbeamten“, Taha macht einen schlechtgelaunten Mitarbeiter auf dem Ordnungsamt nach, der vor sich her brabbelt. Malik holt sein Handy raus, um die Geräusche aufzunehmen: „Das glaubt der mir sonst nicht. Dr. Smartphone war gestern, ab heute ist er Dr. Schnarchphone."

Doch Karim bremst: „Hört mal auf. Man gibt niemandem Spitznamen, die er nicht will. Das mochte unser Prophet nicht. Und Ilıcan mag das bestimmt nicht. Ich glaube, wir sollten uns aufteilen: Zwei halten Wache, und drei schlafen, nach zwei Stunden wechseln wir. Nicht dass wir noch alle einschlafen und die Drachen uns entwischen. Ich bin auch voll müde." Malik und Taha, die sich gerade so köstlich amüsiert haben, bleiben wach und albern weiter. Karim und Amin schließen sich Ilıcan an und schließen die Augen.

Gegen 3.00 Uhr morgens ist es Zeit zum Wechseln. „Und, ist irgendetwas passiert?", fragt Amin.

„Nein, nicht die Bohne. Alles ist ruhig, bis auf Ilıcan", witzelt Taha immer noch. Sie wecken die anderen. Jetzt wollen Malik und Taha schlafen. Auch bis 5.00 Uhr herrscht eine Stille, die Amin, Karim und Ilıcan aus der Großstadt nicht kennen. Amin: „Mir fehlt das Geräusch fahrender Autos. Diese Stille ist doch schrecklich!"

„Weil du das nicht gewohnt bist", weiß Karim. „Ich finde es angenehm."

Ilıcan stimmt seinem kleinen Freund zu: „Ja, Amin, du brauchst immer Action. Ständig muss was los sein." Deshalb robbt Amin auch alle 30 Minuten an den Stall, um nachzuschauen, ob alles an seinem Platz ist. Davor und danach muss er natürlich noch 50 Sit-ups machen.

Aber bis zum Morgengebet geschieht nichts. So bleibt nur noch die nächste Nacht, in der die Drachen zuschlagen könnten. Es sei denn, die ganze Vorstellung von einer Vergiftung war nur ein Hirngespenst.

Spuk hin oder her – jetzt müssen sie aber erstmal beten. „Mist, wir haben nicht an Wasserflaschen fürs Wudu gedacht“, fällt Taha auf.

„Ich glaube, in dem Fall können wir Tayammum machen“, empfiehlt Karim und fängt an mit der Notfall-Gebetswaschung. Zuerst spricht er die Basmalla, dann streicht er mit beiden Händen über den Boden. Die anderen schauen zu. Bis auf Amin! Karim ist entgeistert: „Junge, was machst du da?“ Amin war mal wieder übereifrig, gibt Würgegeräusche von sich und spuckt die Erde, die er gerade in den Mund gestopft hat, wieder aus. Dazu fallen auch ein paar kleine Steine und abgerissene Grashalme heraus. Taha fragt ganz ungläubig: „Amin, du hast jetzt nicht wirklich deinen Mund mit Erde gespült, oder?“ Das Riesenbaby macht ein Gesicht, als ob es gerade erwischt wurde, wie es ein ganzes Glas Nutella ausgelöffelt hat. „Amin, du musst beim Tayammum deinen Mund nicht waschen! Das ist nicht derselbe Ablauf wie beim Wudu“, erklärt Karim. Die anderen lachen sich schlapp, denn nicht nur sein Blick erinnert an eine fette Nutella-Mahlzeit, auch die Spuren um seinen Mund sehen danach aus. Überall klebt noch feuchte braune Erde.

Nun schaut auch der Vorschnelle zu, wie Karim Tayammum macht. Nachdem seine Hände den Boden berührten, pustet er ein wenig Erde ab und streicht sie über das Gesicht. Das wiederholt er. Anschließend reinigt er auf die gleiche Weise seine Hände und Unterarme. Fertig. Nun machen es die anderen ihm nach. Ilıcan findet es erst einmal unangenehm, sich mit Erde zu reinigen. Für ihn ist der Boden dreckig. Trotzdem macht er mit, schließlich will er mitbeten. Im Gegensatz zu ihm ist Amin mittlerweile mehr als glücklich mit dem Tayammum: „Cool, wie schnell das geht. Tayammum mache ich ab jetzt immer."

Karim stöhnt: „Mann, Mann, Mann, Amin! Das darfst du doch nur machen, wenn kein Wasser in der Nähe ist."

Sie stellen sich auf zum Gebet. Malik schiebt Karim mit der einen Hand sanft nach vorne und zeigt mit der anderen zum Gebetsplatz des Imams. Doch Karim lehnt sich gegen Maliks Hand und wendet ein: „Ich bin der Jüngste. Bete du mal vor!"

„Das hat nicht unbedingt was zu sagen. Derjenige, der sich im Koran am besten auskennt, betet laut unserem Propheten vor." Malik hat recht, das weiß auch Karim und beugt sich dem Willen der anderen.

Nach dem Gebet packen sie ihre Sachen und gehen ins Haus frühstücken. Weil sie eh nichts Besseres zu tun haben, helfen sie tagsüber auf dem Hof. Nur mittags legen sie sich hin, um Kraft für die nächste Nacht zu tanken, wenn sie die Drachen inschallah endlich in Ketten legen werden. Nachmittags sind sie wieder auf dem Feld bei der Ernte.

Dann wird es langsam dunkel. Es beginnt alles wie am Vorabend. Sich direkt hinter der Spitze des kleinen Hügels zu verstecken, war eine gute Idee. Doch diese Nacht möchten alle durchmachen. Sie brauchen jeden Einzelnen hellwach.

Ein paar Stunden später. Es ist kurz nach eins. Auf dem Gras und den kleinen Blättern des Gebüschs sammeln sich kleine Kältetropfen. Es riecht nach feuchter Erde. Amin fängt ein interessantes Gespräch an. Er erzählt ihnen davon, dass er sich in der Schule mehr reinhängt. Das freut Taha, Malik, Karim und Ilıcan. Von seinen Plänen, die Ausbildung zum Restaurator zu machen, bleibt er überzeugt. Hauptsache, er nimmt die Schule wieder ernst. Auch die anderen erzählen, was sie später machen wollen. Die genauesten Pläne hat nach wie vor Taha: Projektmanager in einem internationalen Unternehmen. Malik weiß dank des Praktikums, dass Zeitungen interessant sind, er aber noch lieber beim Radio arbeiten würde. „Dann könnt ihr mich über Internet jeden Morgen hören: ‚Schiby di Check, Schiby di Chick, hier ist Maaaaaalik. Mit der Morningshow.'"

„Malik, nicht so laut! Bist du verrückt?", mahnt Taha.

„Okay, schon gut. Karim, hast du Pläne für später?"

Der ist nicht bei der Sache: „Ja, die Drachen der Polizei übergeben." Malik fragt ihn noch einmal. „Ach so, nein, ich bin mir nicht sicher. Ich kann mir vorstellen, Imam zu werden."

Amin bittet: „Wenn, dann aber so ein cooler wie Imam Husayn." Imam Husayn half den Jungs bei der Verfolgung des Moscheendiebs im ersten Fall. Vor allem ist er ein echt cooler Imam, der Jugendliche versteht.

Taha ist überzeugt: „He? Da hast du Zweifel? Ich sage dir, Karim wird noch cooler als Imam Husayn."

Malik schaut zum Stall – nichts bewegt sich, außer ein paar Kilometer höher die Wolken, die an der Mondsichel vorbeiziehen. Er flüstert: „Was meint ihr, welche Geschwindigkeit haben die Wolken?"

Amin liegt auf dem Rücken, blickt in die düstere Nacht: „Das ist schwer zu sagen, es hängt unter anderem von ihrer Höhe ab. Tiefer fliegende Wolken sind langsamer als höhere, obwohl man oft denkt, es sei andersrum. Ich weiß nur, dass sich Gewitterwolken mit bis zu 120 km/h bewegen. Vielleicht weiß Karikon mehr?“ Taha, der wie die anderen auf dem Bauch liegt, geht kurz in den Liegestütz, damit er Amin anschauen kann. Der liegt hinter Malik und Karim genau auf der anderen Seite: „Amin, bist du es wirklich?“

Auch die anderen sind verblüfft. Das schmeichelt ihrem Großen. Dann ist wieder Stille, nur alle paar Minuten hört man das Rascheln eines Tieres aus dem Stall. Nachdem Ilıcan zum vierten Mal seine Isomatte hebt, weil ihn ein Steinchen durch den Kunststoff in die Rippen drückt, gibt er auf und will sich rechts neben Karim hinlegen.

Genau in dem Augenblick, als er vor den Köpfen seiner Kumpels vorbeigeht, sehen die anderen das Flackern einer Taschenlampe und den schemenhaften Umriss einer Gestalt, die aus der Stalltür kommt. Amin, an dem Ilıcan zuerst vorbeimuss, drückt Ilıcan von unten gegen die Rückseite des Oberschenkels. Soll heißen: Beeil dich, versperr mir nicht die Sicht! Doch der große Ilıcan macht das so ungeschickt, dass er aus Versehen auf einen Ast tritt, der knarrend entzweit. Karim und Taha können gerade noch eine zweite Gestalt hinter der ersten erkennen, bevor das Licht ausgeht. Und so wie Ilıcan jetzt dasteht, versteinert, voller Angst, ertappt zu werden, stehen jetzt wohl auch die zwei, drei oder mehr Drachen am Stall. Alles ist mucksmäuschenstill.

Ursprünglich war der Plan, das Stalltor abzuschließen, wenn die Drachen im Stall sind. Sie hätten die Polizei gerufen und ihr die Drachen quasi auf dem Silbertablett serviert. Denn die Drachen wären aus dem Stall niemals herausgekommen, die Polizei hätte nur noch die Handschellen anlegen müssen.

Ja, das war der Plan. Aber wie sind die Drachen unbemerkt in den Stall gekommen? Ist ihnen das gelungen, als die Jungs über ihre Zukunft sprachen?

Immer noch verharren die Detektive und die Drachen eingefroren in ihrer Position. Es ist wie beim Eishockey-Anstoß, wenn der Schiedsrichter den Puck aufs Eis wirft: absolute Ruhe und Konzentration, bevor die Schläger in einem großen Durcheinander aufs Eis schlagen. Man weiß noch nicht, wer in der Defensive und wer in der Offensive ist. So ähnlich auch hier, nur dass man den Gegner nicht einmal sieht: Egal, von wem die erste Bewegung ausgeht, sie setzt kaum vorhersehbare Handlungen in Gang.

Es ist Ilıcan, der es nicht mehr aushält und erschöpft auf den Boden plumpst. Und jetzt geht alles ganz schnell. Vom Stall hört man ein Klicken und

Klacken, Taschenlampen gehen an, strahlen weg vom Stall. Das heißt, die Drachen wählen die Flucht, nicht den Angriff. Das Licht holpert schnell in die Ferne. Es sind drei Drachen. Die Jungs sprinten hinterher. Jeder der Jungs hält seine Taschenlampe wie ein Staffelläufer. Ganz vorne Amin, der schnell Boden gutmacht. Aus den 30 Metern Abstand werden 20 Meter, dann zehn, und jetzt ist er den Drachen ganz dicht auf den Fersen. Er hört, wie sie keuchen, sieht in der Dunkelheit ihren warmen Atem wie Rauch in der kalten Luft aufsteigen. In wenigen Sekunden würde er zum Hechtsprung ansetzen, im Flug die Beine des langsamsten Drachen umgreifen und ihn zu Fall bringen. Wenn nicht …

Ja, wenn diese verflixte Wurzel nicht wäre. Amin stolpert und liegt langgestreckt auf dem Boden. Malik ist im kurzen Abstand dahinter. Um Amin nicht über den Haufen zu rennen, macht er einen Satz auf einen kniehohen Felsstein, springt an einen hohen Ast und schwingt so über Amin. Den Move hat er vor ein paar Wochen auf einem Spielplatz gemacht. Nach der Landung sprintet er weiter. Aber der Abstand war zu groß. Malik schmeißt seine Taschenlampe nach den Drachen – ein letzter Versuch, ein letzter Hoffnungsschimmer, doch der Wurf geht ins Leere. Auch Taha, Karim und Ilıcan kommen zu spät. Völlig aus der Puste muss T.A.K.I.M. aufgeben. Die Drachen sind ihnen entkommen.

EINE KOSTPROBE

Frau Schubert besucht Malik an diesem Freitag beim Praktikum. So kann sie das ganze Wochenende in Berlin verbringen. Sie ist begeistert, wie viel Malik gelernt hat. „Da werde ich dir im nächsten Halbjahr, wenn wir im Deutschunterricht Zeitungen durchnehmen, nicht mehr viel beibringen können. Gut, dass ich dann einen Experten an der Seite habe.“ Letztendlich fühlt sie sich darin bestärkt, Malik das Praktikum in Berlin ermöglicht zu haben. Andere Schüler sitzen ihre Zeit nur ab, Malik hat für seine Zukunft viel mitgenommen. Aber auch die netten Worte seiner Lehrerin können Malik nicht aufmuntern.

Die Jungs von T.A.K.I.M. sind am Boden zerstört. Ein weiteres Mal müssen sie Landwirt Mowolta bitten, den Tierarzt zu rufen, damit der überprüft, ob es den Drachen gelang, die Schafe zu vergiften. Hoffentlich konnten T.A.K.I.M. wenigstens das verhindern. Es dauert 24 Stunden, bis die Ergebnisse aus dem Labor vorliegen.

Landwirt Mowolta ruft Malik an, der gerade mit seinen Freunden zusammensitzt: „Jungs, recht hattet ihr! Vier Schafe sind verjiftet!

Malik ist schockiert: „O je. Was machen Sie denn jetzt mit denen?“

„Wees ick och nich. Verkoofen kann ick die nich mehr.“ Kurz darauf beenden sie das Gespräch. Taha, Amin, Karim, Ilıcan und Malik haben das Ende der Sackgasse erreicht. Das war es dann wohl.

Einerseits konnten sie die Drachen nicht fangen. Andererseits macht sich Malik bewusst, dass sie trotz allem eine Menge erreicht haben. Den Drachen gelang nicht, das vergiftete Fleisch unter die Muslime zu bringen. Und das ist die Hauptsache. Vielleicht wollte Allah sie davor bewahren, direkt auf sie zu stoßen. Wer weiß, wie das geendet hätte. Die Drachen hätten ja nur Waffen dabei haben müssen! Es kann gut sein, dass der Fall eine Nummer zu groß für sie war. Wir sind ja gerade einmal 15 Jahre alt und Karim erst 14, redet sich Malik ein.

Amin wendet den gefundenen Drachenanhänger hin und her, bis ihm etwas ins Auge fällt: dieser ekelerregende Schwanz, der sich um seinen eigenen Hals wickelt. Der widert ihn an, seit er ihn gefunden hat. Er geht zum Mülleimer, um den Anhänger endlich loszuwerden. Gerade, als er das Emblem ein letztes Mal anschaut, hat er einen Geistesblitz: „Die Katze beißt sich in den eigenen Schwanz! Und der Drache wird von seinem eigenen Schwanz besiegt“, ruft er.

Als Malik, Karim, Ilıcan und Taha hören, was sich ihr Kumpel ausgedacht hat, staunen sie. Aber mit Allahs Unterstützung wird es klappen. Schließlich gehen sie mittlerweile fest davon aus, dass mindestens ein Täter aus Schnallgow kommt. Dort übt der Täter zusätzlich seinen persönlichen Rachefeldzug gegen Mowolta aus. Und genau den müssen sie noch einmal persönlich sprechen.

Nachdem sie am Bahnhof angekommen sind, läuft erstmal alles wieder so ab wie beim letzten

Mal. Amin rappt, als sie an dem Wohnblock vorbeilaufen, und an der Bäckerei machen sie Halt, weil Ilıcan den Jungs ein paar süße Backwaren kaufen möchte. Wieder möchte der Verkäufer Ilıcan nur die Croissants andrehen, die an einer Seite eingedrückt sind. Nur dieses Mal passt Ilıcan auf: „Macht es Ihnen was aus, wenn sie mir eines von den anderen Croissants geben?", fragt Ilıcan höflich. Am Hof angekommen, erzählen sie dem Landwirt von ihrem Plan. Malik versucht, so einnehmend wie nur möglich zu lächeln: „Herr Mowolta, können wir auf Sie zählen?"

„Klaro. Daruff könnta wetten! Ick bin dabei! Super ausjeheckt."

„Gibt es denn so eine Versammlung oder ein Fest demnächst?", möchte Malik wissen.

Mowolta kratzt sich am Haaransatz auf der Stirn: „Ja, jibt es wirklich. Sonnabend is Ferkelrennen."

„Sonnabend is was? Und was ist Sonnabend?", fragt Malik, dem das Berlinische nach den Jahren in Mannheim immer fremder wurde.

„Na, Sonnabend ist Ferkelrennen!", antwortet Mowolta. Malik schlägt die Hände über dem Kopf zusammen, versteht nach wie vor weder, was Sonnabend ist noch das Wort Ferkelrennen: „Also, am Sonnabend ist ein Ferkelrennen. Und ein Ferkelrennen ist so ein Wettlauf von kleinen Schweinen, oder was?"

„Nee, so nenn wa dit Schützenfest hier." Das ist schon einmal geklärt. „Und Sonnabend heißt Sonntagabend?", fragt Malik vorsichtig.

„Nein, Samstach."

Malik denkt, er hätte jetzt verstanden: „Samstagabend, oder?"

„Nein, nur Samstag. Nu sind alle Klarheiten beseiticht, wa?“, glaubt Landwirt Mowolta, worauf Malik nur noch lachend den Kopf schüttelt.

Vier Tage später ist es soweit. Das ganze Dorf hat sich herausgeputzt und versammelt sich zum alljährlichen Schützenfest. Das ist eine Welt! Auf jeden Fall eine sehr fremde für T.A.K.I.M. Noch sind die meisten Dorfbewohner beim Umzug, schauen entweder am Straßenrand zu oder sind Teil der Parade. Kinder vom Turnverein laufen mit, Jugendliche vom Fußballklub, das Blasorchester vom Nachbardorf, die Mitglieder vom Skat- und einigen anderen Vereinen und vorneweg der Löschwagen der Freiwilligen Feuerwehr. Der Landwirt hat einen Traktor zum Umzug geschickt, der von einem seiner Mitarbeiter gefahren wird. Alle sind gut gelaunt.

Langsam nähern sich die Menschen dem Dorfplatz. Hier sind bestimmt fünfzig schmale Biertische und Bierbänke aufgestellt. An der Rückseite steht eine Hüpfburg, und es gibt Ponyreiten. Weiter vorne wurde eine Bühne aufgebaut. Taha, Amin, Karim, Ilıcan und Malik verstecken sich unter dem einen Meter hohen Podest. Ein Banner mit der Aufschrift „30. Schnallgower Ferkelrennen“ verhindert, dass sie gesehen werden.

Wie es so üblich ist, hält der Bürgermeister die Begrüßungsrede. Heute trägt er ein plüschiges weißes Hemd und eine schwarze Weste, die so aussieht wie eine Zimmermannsweste. Am unteren Bauch halten acht Silberknöpfe die beiden Westenseiten zusammen, was nicht einfach ist, weil der Bürgermeister ganz schön dick ist. An der Taille sind zwei Taschen. Aus der einen hängt eine silberne Kette raus. Wie die Kinder hat auch der Bürgermeister einen Button mit der Aufschrift „30. Schnallgower Ferkelrennen“ auf Höhe der linken Brust. Während er bestimmt zehn Minuten über die Schönheit des Ortes, über die tollen Einwohner und schönen Traditionen schwafelt, wird es für T.A.K.I.M. wie beim letzten Besuch in Schnallgow ungemütlich. Jedes Mal, wenn der Bürgermeister ein paar Schritte vor- und zurückgeht, rieselt feiner Sand auf die Köpfe der Jungs. Dazu sitzen Ilıcan, Amin und Malik zusammengekrümmt unter den Brettern. Ilıcan hat sich nicht nur einmal den Kopf gestoßen. Nur die Kleineren, Karim und Taha, sitzen mit geradem Rücken unter der Bühne.

Nach dem Bürgermeister geht Landwirt Mowolta ans Mikrofon: „Lieber Schnallgower, dit es mir eene große Ehre, dass diesjährije Ferkelrennen mit einer Spende zu unterstützen. Wie der Zufall dit so will, wurden viere meener Schafe aus Berlin nich abjeholt. Die vier Hammel hamm wa heute lecker für euch zubereitet. Dit Buffet ist eröffnet!“ Mowolta zeigt auf die vier Riesengrills zur Rechten.

Wie überall, wenn es etwas gratis gibt, machen sich mehrere Besucher direkt auf zum Grill. Das war klar. Man ist happy über das kostenlose Essen. Es brutzelt und bei dem leckeren Geruch von gegrilltem Fleisch läuft den Besuchern das Wasser im Mund zusammen.

Doch nicht alle Gäste freuen sich über die Einladung. Und genau darauf haben die Jungs spekuliert! Für einen ist es der Schock seines Lebens! „Neeeeiiin“, brüllt er. Einige Haarsträhnen liegen durcheinander auf seiner schwitzenden Stirn und den Wangen. An Brust und Rücken klebt sein weißes T-Shirt. Der Typ ist ungefähr so groß wie Malik. Über seiner

Taille hat er seine Jeans gezogen, damit sie nicht herunterrutscht. Hochwasser, nennen Jugendliche das. Selbst wenn er mit der Hose durch zehn Zentimeter tiefes Wasser waten würde, bliebe sie trocken.

Weil sich alle im Wettkampf um die ersten Stücke Fleisch befinden, fällt es dem Typen schwer, sich vorbei zu drängeln. Er reißt die Leute, die vor ihm stehen, an der Schulter zurück, verschafft sich mit dem Ellenbogen Platz, tritt dem einen oder anderen in die Hacken oder auf den Fuß und zwängt sich zwischen einem Ehepaar hindurch. Dem einen Besucher fällt der leere Pappteller auf den Boden. Doch der Typ hat nicht „Nein“ gerufen, weil er so einen Heißhunger hat. Er beeilt sich wie jemand, der ein Feuer in seinem Haus löschen will. Das zieht dann doch die Aufmerksamkeit auf ihn.

Wer noch vor ihm in der Schlange steht, dreht sich neugierig um. Einige sind von ihren Plätzen aufgestanden, um zu sehen, was da los ist. Alle fragen sich: Was hat der Mann? Warum macht er so einen Aufstand? Der schreit ein zweites Mal: „Neeeeein!“ Er schnappt nach Luft: „Nicht! Esst das nicht!“ Die Festbesucher sind verblüfft. Endlich hat es der Mann ganz nach vorne geschafft. Er versperrt den Weg zum ersten Grill. Von hinten ruft jemand: „Was ist denn los? Warum denn nicht?“ Dem Typen rennen Schweißtropfen das Gesicht runter, mit dem Unterarm wischt er sich die Stirn ab. Das ist purer Angstschweiß, denn so heiß ist es heute nicht.

Landwirt Mowolta, der gleich erkannt hat, dass es einer derjenigen war, die ihm die Zusammenarbeit mit der Fatih-Kasap-Metzgerei krummgenommen haben, nähert sich dem Typen gemeinsam mit dem Traktorfahrer. Auch Taha, Amin, Karim, Ilıcan und

Malik haben ihr Versteck verlassen und bilden einen Kreis um die Grills. So nähern sie sich dem Typen. Die Schlinge zieht sich zu. Der Typ weiß gar nicht, wo er hingucken soll. Er kennt ja die Jungs vom Video, er kennt Mowolta und seinen Angestellten. Wohin soll er flüchten? Jetzt bleibt ihm nur noch die Rettung durch die anderen Dorfbewohner. Nervös stottert er: „Dit, dit is ‘ne Falle! Ihr, ihr kennt doch den Mowolta. Ko, ko, korrupt bis aufs Blut. Heute schenkt er euch wat und morjen will er wat haben dafür. Macht euch nicht abhängig!"

Dann hört der Typ von hinten eine laute, drohende Stimme: „Stiborius!", der Mann dreht sich schockiert um – noch ein Indiz. „Schuldig bist du! ‚Nemo enim potest personam diu ferre‘, auf gut Deutsch heißt das: ‚Niemand kann auf Dauer eine Maske tragen!‘ Lucius Annaeus Seneca, römischer Philosoph, ca. 50 nach Christus" Was für eine Überraschung: Hübner! Damit hat selbst Amin nicht gerechnet. Er hatte ihm zwar von den Plänen erzählt, aber Hübner hörte sich das nur kommentarlos an. Wahrscheinlich dachte er, ein bisschen Hilfe im Notfall kann den Jungs nicht schaden.

Nun stehen sie alle dicht vor ihm: Mowolta, sein Kollege, die fünf Detektive und Hübner. Mowolta schneidet ein Stück Fleisch ab und bietet es dem Stiborius an: „Na, probier ma! Jar nich so übel." Stiborius schüttelt panisch den Kopf.

„Komm schon, ick versprech da och, du wirst ma nüscht schulden!" Amin und Hübner geben sich ein kurzes Zeichen, dann halten sie Stiborius an den Armen. Mowolta nimmt eine Gabel und führt sie zu Stiborius‘ Mund. Der schüttelt den Kopf heftiger als ein kleines Baby, das keinen Spinat will. Aus Angst, er könne sterben, schreit er: „Nein, nein, das Fleisch ist vergiftet.“ Nun lassen sie von ihm ab. Amin hatte recht. Der Drache wurde vom eigenen Schwanz erledigt.

„Ach, so“, tut Mowolta verwundert. „Woher weest du denn dit? Kann et sein, dass du wat damit zu tun hast?“ Völlig erschöpft sackt Stiborius in sich zusammen, nickt und fängt an zu weinen. 200 Besucher des Schützenfests sind Zeugen. Taha streicht ihm über den Kopf: „Drache, das Spiel ist vorbei, deine Flügel sind gestutzt. Ab in den Käfig!“

Derweil nimmt sich Hübner die Gabel und gönnt sich das Stück: „Schmeckt doch lecker! Ich weiß gar nicht, was du hast." Ein letztes Mal schaut Stiborius entsetzt hoch, dann ist er platt. Hübner wagt das natürlich nur, weil Amin ihm in der Zwischenzeit erzählt hat, dass nur die drei Hammel auf den Spieß kamen, die nicht vergiftet wurden. Das letzte Schaf erwarb Mowolta von einem anderen Hof. Das gehörte alles zum Plan von T.A.K.I.M.

Nur einen Tag, nachdem sie Stiborius das Handwerk gelegt haben, geht Malik ein letztes Mal zum Praktikum. Klar, wäre es der Hammer gewesen, wenn ein Artikel von ihm veröffentlicht worden wäre. Aber vielleicht kann er das noch nicht erwarten. Schließlich ist er gerade erst 15 Jahre alt geworden. Er will auf jeden Fall weiter Journalist werden.

Nach ein paar Routineaufgaben wie dem Veranstaltungskalender und dem Zitat des Tages räumt Malik seinen Schreibtisch auf und verabschiedet sich von Frau Behring: „Du kannst jederzeit wiederkommen. Warst uns eine große Hilfe. Ehrlich. Und bevor du jetzt gehst, habe ich noch eine Kleinigkeit für dich: Ein Abonnement des Berliner Journals für ein ganzes Jahr, damit du uns in Mannheim nicht vergisst!"

Gleich nach dem Abschied von der Redaktion fährt Malik zurück nach Hause. In der Bahn ruft er neugierig Amin an, weil er unbedingt wissen will, was der neueste Stand bei den Ermittlungen ist. Karim holt er auch dazu in die Telefonkonferenz. Amin macht's kurz und bündig: „Stiborius hat gestanden und die Identität von Heinrich von Cille und Vlad II. verraten."

„Ehrlich? Wer sind die beiden?", Malik ist neugierig.

„Sie wohnen in zwei anderen Orten zwischen Berlin und Schnallgow, haben sich im Internet kennengelernt. Stiborius war der Kopf der Bande."

Malik: „Wie sind sie nur auf diese Idee gekommen?"

Das erklärt Karim: „Stiborius kam mit Mowolta noch nie aus. Und gleichzeitig muss er ganz viele Vorurteile gegenüber Muslimen gehabt haben. Jedenfalls fing er an, richtig aktiv zu werden, als er mal sah, wie der Inhaber der Metzgerei ‚Fatih Kasap' mit seiner Frau nach Schnallgow kam, um den Hof zu besichtigen."

Malik: „Ah, verstehe, da dachte Stiborius, dass seine schöne Heimat Schnallgow islamisiert werden würde. Wie krank!"

„Na ja, der Spuk ist vorbei. Alhamdulillah. Ihnen wird der Prozess gemacht. Der Dachverband tritt als Nebenkläger auf", das weiß Karim von seiner Mutter.

Malik ist erleichtert: „Dann werden die Drachen wohl die nächsten Jahre hinter Gitter verbringen. Am Ende werden zumindest die Schafe den Drachen dankbar sein. So sind sie nicht auf irgendwelchen Tellern gelandet, sondern verbringen ein schönes Leben auf der Weide." Den Drachen dankbar zu sein, das hört sich für Amin echt schräg an. Aber Karim setzt da noch eins darauf: „Jungs, ich muss euch was gestehen. Wisst ihr was, ich habe für Stiborius gebetet."

„Dein Ernst?" Amin kann es kaum glauben.

„Ja, eigentlich ist der doch arm dran", Karim hat Mitleid.

„Trotzdem: Das sind Islamhasser." Amin fühlt sich fast verraten.

Karim versucht weiter, seinen Freund aufzuklären: „Mag sein, aber wir Muslime hassen nicht. Jedenfalls keine Menschen, höchstens die Taten von Menschen. Das zeigt: Der Mensch an sich ist erstmal gut. Weißt du, leider gibt es auch unter den Muslimen schwarze Schafe, die die unmenschlichsten und damit unislamischsten Dinge tun. Denen würde ich genauso helfen und für sie Duâ machen." Als ob Karim schon eine Vorahnung hätte, was im nächsten Fall auf T.A.K.I.M. zukommt. „Und außerdem hat unser Prophet auch für Umar gebetet."

„Du vergleichst jetzt nicht Umar mit den Drachen?", fragt Amin: „Umar ist ein Vorbild für uns alle."

„Aber nicht immer. Als unser Prophet Muhammad (s) das erste Mal für ihn Duâ machte, war er ein Götzenanbeter und ein großer Feind der Muslime", während die beiden diskutieren, lehnt sich Malik zufrieden in seinen Sitz und hört zu.

„Der wollte aber bestimmt nicht wie die Drachen Muslime töten", bezweifelt Amin.

Karim weiß, dass Amin in der Diskussion keine Chance hat: „Du, der war sogar schon drauf und dran, den Propheten zu ermorden."

Amin: „Und der Prophet hat Duâ für ihn gemacht?"

„Jawoll."

„Und du für Stiborius?"

„Genau."

Dann möchte Amin wissen, für wen sein Freund sonst noch so betet: „Für Trump etwa?"

„Ja, auch. Aber ich gebe zu, lieber tue ich es für unsere Bundeskanzlerin." Kurz darauf beenden sie die Telefonkonferenz. Sie sind glücklich, dass der

Spuk ein Ende gefunden hat. Amin muss noch einmal den Kopf über seinen Kumpel schütteln und denkt sich: Mensch, vielleicht hat Karim recht. Was für ein Typ! Was für ein Fall! Was für eine Religion!